青春阅读　　幸得相见

有爱的青春陪伴者

顾盼成欢喜

GUPAN CHENG HUANXI

晚乔 著

上海故事会文化传媒有限公司
上海文化出版社

晚 乔

/ 小 / 花 / 阅 / 读 / 签 / 约 / 作 / 者 /

热衷于美食、画画和文字，汉服日常党，永远在刷游戏追新番。

时刻都有奇怪的想法，习惯于用意念和人交流。一直做梦活在武侠世界里，开始以为正常，后来发现好像只有自己是这样，难怪和人讲话永远跑偏跟不上。

伙伴昵称：乔妹、仓鼠

已上市：《妖骨》《顾盼而歌》《云深结海楼》《烟雨斋》《原来他也喜欢我》《你好，牵手向前走》《春风吹散小眉弯》

前言

在写这个故事之前，我其实已经写过一个民国文。那是我第一次写民国文，我以前一直不太敢写，说出来有点尴尬，因为我自己确实是没怎么看过。但这个背景放在这儿就很刺激，很让人兴奋，有很多可写的东西。

开文之前我挺紧张的，构思了很久也准备了很久，之前的那个故事写得很过瘾，非常过瘾，可惜还是有很多先前准备好的东西没表达出来，完结以后我失落了一两个星期。写了这么久的故事，也有过沉浸其中舍不得走出来的时候，但那样的怅然若失确实是第一次。

只是那个世界的构造稍微有点大，在写那个故事的时候，我就在想，我也想写一些那个时代里的小人物的事儿。

很简单的，只关乎这几个人，不带家国不扯社会，不那么浓墨重彩的小故事。

模式上我希望是小合集，几个独立成篇的故事，一个故事里的配角会是另一个故事的主角。我每次写故事都有些恍惚，有时候会觉得他们真的

在另一个地方活着，哪怕只是故事里一笔带过的人，他们也有属于自己的人生。

这次的故事也算是展示了我的脑洞。

这本书里的四个故事，在最初的设定里其实是全 BE（悲），但写完前两个我自己有点受不了，整个人都写得恍恍惚惚，是真的怀疑人生。所以在卷二写完以后，临时把第三个故事替换了一下，由于对先前的人物有认同感了，又重取了主角名，然后把第四个故事也一起小修了一下，希望能让故事的悲喜平衡一点。

之前定好的大纲我其实也挺喜欢的，写和不写好像都会遗憾，如果以后有机会，还是希望把它写成短篇或者中篇放出来。

这次的《前言》有点短，可我想说的话都说完了，就是上面这些，其余想表达的也都放在了故事里。

那么接下来，继续往下翻，就是故事啦。

希望你们能喜欢这几个小故事，啵啵唧。

晚乔

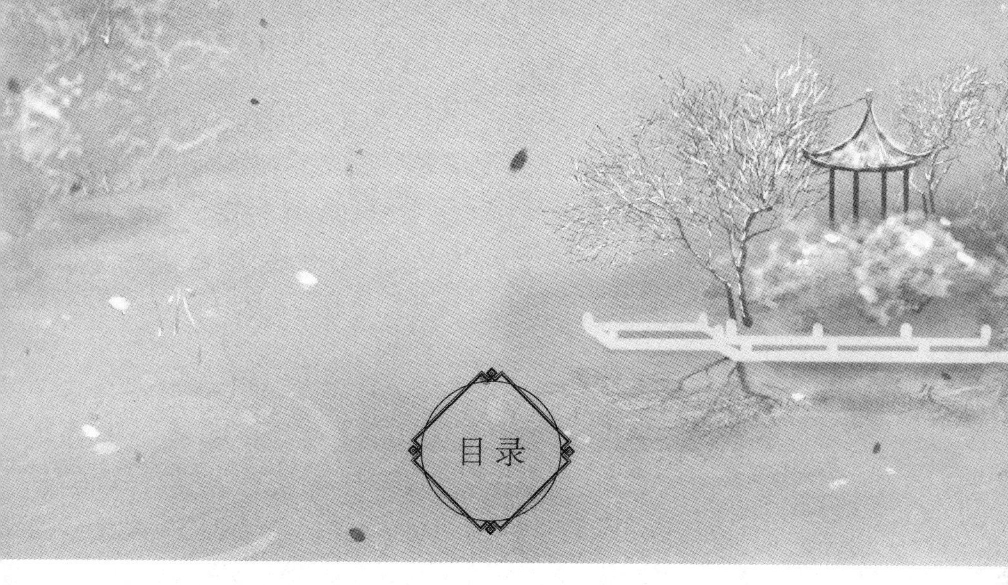

目录

目录

卷一·轻舟远

要沈轻舟来说，明月也分两轮，一轮高悬，一轮在人间。

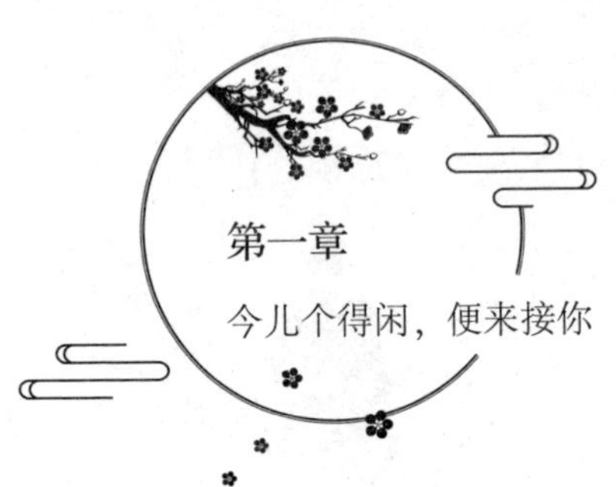

第一章

今儿个得闲，便来接你

1.

夜空中的熠熠星光，闪烁着流进了水塘。那塘里开着莲花，花儿像是被碎星养大的，长得极好，花瓣粉白，莲叶翠微，在最靠旁的花叶边的水面上映着个美人。

美人扮着旦妆，回首时眸如剪水，轻轻开口，几句词便唱到了听者心里。

“十娘我与李甲心心相印，愿随他离烟花跳出火坑。”

沈轻舟的脸微微侧着，侧眼一瞥：“盼相公进院来从长计议，这几日他未来所谓何情？”

小院里只有一位听众。

不远处，石椅边靠着个中年男人，他边听边跟着曲儿哼，听得十分陶醉。

沈轻舟也唱得入戏，打开的折扇随着他转动手腕的动作合上，慢悠悠地转了一圈儿，最后轻轻地搭在了他腕上。像是伤心极了，他无力地停住动作，扇子轻轻压上水袖，在那儿落了影子，配着美人眉头轻蹙的那一低眼，孙二爷顺势向他腕上看去，竟以为那淡影是一点水痕。

“哎哟……”

孙二爷最懂怜香惜玉，见此情景，自然立刻起身：“怎么，沈老板唱个曲儿还真把自己给唱伤心了？”

被这一打断，沈轻舟也停了动作。

他收势行礼，轻轻低着眼睛，立在星月下，身形颀长，一身浅色的衣衫仿佛带着柔和微光，颇有几分遗世独立的味道。

饶是见惯了世面的孙二爷也不由得被眼前人晃了眼。

“我听说你们班主以前是春台班的，后来领走了些人，组成新创，才有了如今这宏福戏院。”孙二爷从沈轻舟手里接过折扇在手掌轻轻打着，“不过，依我看，不论是那盛名在外的春台班，还是如今宾客常满的宏福戏院，这当下里最妙的角儿，还真只有一个沈老板。”

沈轻舟的嘴角弯了弯，像是笑了，却极为清疏，开口，是和之

前娇媚声线截然不同的清朗男声。

“二爷过誉。”

“哪儿就过誉了？这分明就是实话。”孙二爷笑完，话锋一转，“沈老板这身段、唱腔都是一等一的，如今又是一票难求的名角儿……”

他捉起沈轻舟的手，那只手白皙纤细，指节分明，皮肤细腻而不柔弱，玉雕出来似的，温润也有风骨，他没看多久就叹了一声。

“沈老板身上没一个地方不佳，白玉一样的人儿，怎么就不知道娇贵养着，非要来做些不恰当的事情，弄脏了自己呢？”

“孙二爷这是什么意思？”

沈轻舟刚问完就见对方捏住他的手腕反手一折，而他下意识地旋身躲开，腿上一扫想要回击，孙二爷却反应极快地退了两步。与此同时，沈轻舟腕部一空，仿佛被抽去了什么东西。两步之外，孙二爷握着手枪比画，枪上膛之后，又朝他笑了笑。

“沈老板不道义，心里头明明白白，还问我什么意思。”孙二爷云淡风轻道，“我能有什么意思？不过就是想请沈老板给我单独唱个小曲儿，可架不住沈老板一首曲子一条命，酬劳收得贵，孙某付不起。”

沈轻舟不语，只往前一步，然而，他这么一走动，就看见孙二爷的枪口对准了自己的眉心。

“若我说这是带着防身的，二爷可信我？”

“沈老板都这么说了，我自然是信的，谁能拒绝得了沈老板？但我能信你，却信不过许少爷，他可是想要我的命很久了。”

沈轻舟的眼睛狭长，眼尾略微有些上扬，不笑时清冷，笑起来却弯弯的，看上去很动人。他就这么笑着走过来，把自己的额头抵在枪口上。

“二爷信不过许少爷，同轻舟又有什么关系？”

孙二爷盯了他一会儿，缓缓叹道:“角儿不愧是角儿，台上能唱，台下也能唱。若我少活个十几年，怕是就要信了。”

那枪管子很凉，就这么抵在他的额间。

“被枪近距离击中，除了弹子血口，边上还会有烧焦的痕迹。这东西很难看，留在沈老板脸上未免可惜。”孙二爷将枪往下移，点在沈轻舟的心口处，“沈老板过了桥喝了汤到了来世，可别再干这些事儿了。”

说完，孙二爷扣下扳机。

暗夜里，手枪“啪嗒”响了一声，却没打出子弹。

“唔……”

孙二爷的反应很快，可架不住沈轻舟早有准备，他手中银光一闪，几乎是转瞬之间，匕首便没入了对方腹内。沈轻舟握着刀在那儿转了一圈迅速抽出，接着抵住孙二爷的喉咙，找准地方狠手一割——

和唱戏不同，台上的虞姬自刎只需拿刀架在脖子上轻轻划过，

但真要割断一个人的血管需要很大的力气，尤其是脖子上的。或许因为这样，那儿溅出来的血也多。

沈轻舟抹了把脸，袖子上染上一片污色。

“二爷深谋远虑，我若真对您用枪，这声音传出去，我哪里走得掉？再说，用那样小儿科的手段对您，未免太不尊重。”

孙二爷瘫在了水塘边上，血水淌了一地，蜿蜿蜒蜒顺着石头路流进了塘里。

浓稠的血在水里一丝一丝化开，像是有人从岸边往那儿推，水里起了轻波。

被搅乱的水面上模模糊糊映着一个人影，那人四处检查了一番，确认没有留下痕迹才走。他身手矫健，脚尖一点手上一撑就越过墙去，树影晃动几下，他便没了踪迹。

鬼魄一样，可怕得很。

2.

沈轻舟的动作很轻，走得却快，像是飘来的。

他坐上车后座，还没来得及闭眼休息，就听见前排传来一声轻笑。

“累了？”

沈轻舟微愣，往前探去：“少爷？”

火光一闪，许知远往前凑去点了一根烟。

“我今儿个得闲，左右无事，便来接你。”他吞吐着烟雾，“受伤了吗？”

许知远只是随口一问，对于答案并不关心。沈轻舟却是受宠若惊，好不容易才让自己缓和了一些。

“没有。”他用袖子擦着脸，“我没受伤，脸上的血都是孙二爷的，回去洗洗就行。”

“那就好。”

许知远一手拿烟，一手把着方向盘，他将车开到了距离酒馆不远的河堤边上，随后打开了车窗。他抬手在鼻间扇了一下：“下去把脸洗一洗吧，血腥味儿太重了。”

沈轻舟先是往后缩了缩脚，很快又反应过来，开了车门便下坡往河边走。

青梁河道很偏，边上就是树林，没有什么人家，与青梁河离得最近的一家酒馆也有十分钟脚程。兴许是没人没生意，那家酒馆休得很早，总在晚餐之前关门。

这么一个地方，又是深更半夜，附近连个鬼影都没有，更不可能有人。

沈轻舟没有被发现的顾忌，他洗得仔细，直到确定身上再没有血迹了才起来。

可他刚刚站起身子，便又想到什么，重新蹲回去。

他脱下外袍在水中搓了搓，准备把血腥味弄干净了再回车上。

正洗着，他身子一僵。

那声音他再熟悉不过，是男女欢好时发出的。一阵阵细碎的呻吟随着夜风飘来，钻进了他的耳朵里，他不自觉地捏紧了手指，捏得指节都发白。

说是熟悉，却也过去十五年了。

记得那时候，他还不叫沈轻舟，也还没有学唱戏。

那一年，他还叫沈狗儿。

沈狗儿自幼就白嫩好看，生了一张女孩的脸。他没有爹，只有一个娘亲，可他的娘亲不喜欢他，看见他就不耐烦。他年幼无知，只当是自己哪里没有做好，稍稍长大，便明白了，他不是没做好什么，而是在娘亲的眼里，他不该存在。

他的娘亲是风尘人，常带些恩客回家，昼夜不分，寒暑不分。

每到这时他就会被赶出来，在门口蹲着。

晚上还好，但若在白天，那巷子里难免有一些街坊邻居路过，记忆里他们总是对他指指点点。他们叫他小娼妓，说他脏，不让自己的孩子接近他。

他很委屈，但很能忍。

幼年时候，他总是忍。

可即便和其他孩子的成长方式不同，沈狗儿也就这么个年岁，再怎么能忍，也有忍不住的时候。

有一回，他和一个拿石子扔他骂他的大孩子打了起来，他揍了那人一拳，起先觉得痛快，可没过多久就被一帮孩子围起来了。他拼命跑，跑了很远，最后还是没躲得过，那一天他伤得比平时都重，脸上挂的彩也多。

当年他是真恨，恨那些人，恨自己，也恨他娘。被打到无力还手的感觉很不好受，经受着拳打脚踢，沈狗儿无论如何都想不到，将来的自己会感谢那一天。

还好他还了手，还好他被追赶，还好他耽搁了一些时间，没有那么早回去。

那一日，他娘如往常一样接了个客人回家，可来人身份复杂，没过多久就引来了一伙拿枪的。小巷里发生了一场厮杀，死伤数十人，枪战是在他家发生的，死者里自然也包括他娘。

沈轻舟还记得那个晚上，他好不容易止住了血，心里担忧着被骂，不想回去，却又无处可去只能回家。怀揣着不安，他回到家，刚刚进门便看见他的娘亲躺在血泊里。

当时他愣了很久，心里没由来地开始难过。

只是他这份难过的程度很轻。在看见欺负他的大孩子哭倒在同

样躺在血泊中的家人身边时，他还生出些疑惑——至于吗？

沈狗儿抱着膝盖坐在边上，眼前的人来来往往，大多数在哭，唯独他安安静静，心里想着，人都是会死的，不过早晚而已。那些孩子不知道，大人们也不知道吗？他们至于这副样子？

他还没想多久，这边便来了人。

除了警察之外，还有几个穿着风衣的。

他们的风衣看上去很厚、很暖和，也没有破洞。

沈狗儿很羡慕。

正羡慕着，他的眼前就蹲下一个人，他听见其他人叫那人“许少爷”。

那是他第一次见到许知远。

没有光的墙角下，许知远看了沈狗儿许久，大抵是看不清楚，于是他打着打火机凑近沈狗儿。沈狗儿曾经被他娘用火棍烫过，出于对火的恐惧，他本能地往后缩了缩。

许知远见状，收起了火机。

他往边上指了指：“这人是你娘？”

当时的许知远逆着光，沈狗儿看不清他的面容，只沉默着点点头。

后来他总梦到这个场景，但梦里的人很是模糊，他只能隐约瞧见黑色剪影，辨不清对方的模样神态。直到现在，他也不知道，当

时许知远是用怎样的表情在看他。

墙角下，沈狗儿等了半晌，才等来对方的下一句话。

许知远摸摸他的头，轻声道："你不像个孩子。"

沈狗儿不懂许知远在说什么，也不知自己该说些什么，他全部的注意力都放在了头顶的那只手上。当夜很冷，他衣服薄，背后的墙面也冰冷，浑身上下，他唯一能感觉到的温度，就来自于那只手。

在那一刻，他忽然就明白了那只狗，那是一只在街上的流浪狗，黄毛杂斑点，又脏又灰，十分怕人，但若有人摸它，它又会用头顶在人的手心里蹭。

当许知远把手放在他头顶的时候，他也很想蹭蹭。

可他不敢。

就在这时，许知远问他："你家里还有人吗？"

"没有。"沈狗儿瞥了一眼血泊中的母亲，"我只有我娘。"

许知远若有所思般："那你要跟我走吗？"

沈狗儿想了想，抓住了他的衣角。

那年，许知远十九岁，刚刚接手青帮当家一位，也刚刚做起自己的生意。

虽说已经过去很久了，但直到现在，沈轻舟还清楚地记得许知远在问完他名字之后露出的那个笑。不是嘲笑也不是讽刺，只是单

纯的有些意外，像是不理解怎么会有人给孩子取这种名字。

然后，许知远望着他，认真地道：“你要跟着我，‘沈狗儿’这个名字就不能要了。看你小小年纪心性便如此坚定，好似踏过了山水万重，以后，你就叫沈轻舟。”

……

搓衣服的动作不晓得是什么时候停下的，沈轻舟的手浸在河水里，被泡得发白。他在河面看见自己的倒影，这张脸精致得很，描着旦妆，和当年那个瘦骨嶙峋的孩子半点儿都不像。

那年他八岁，在遇见许知远之后，他有了新的名字，也终于穿上了人生中第一件没补丁的衣服。

如今，十五年一晃眼过去，别人嘴里的小娼妓变成了宏福戏院的名角儿，许多人远道而来只为听他一曲，他文弱秀气会说话，很懂得讨人欢心，没几个人会对他设防。

也没几个人知道，他是许知远的人，还是个杀手。

3.

“轻舟？”

许知远不知是什么时候走到沈轻舟身后的，他先是回头，随后下意识地往小树林那边看，但那块地方早就没有声音了。

“不过洗个脸，怎么这么久？”

“衣服沾了血，我怕也有味道，顺便洗一洗。”沈轻舟拧了衣服，任它半干不干地搭在手上。

“或许你没发现，我其实在那儿站了很久。”许知远往后边一指，指尖上带着烟草的味道，“你不是那么不警惕的人，你在想什么？”

沈轻舟垂下眼睛，玩笑似的开口：“在想少爷。”

许知远的眉间一动。

月色下河水粼粼闪动，沈轻舟笑着，大概是向回忆借了胆，此刻的他没了平日面对许知远时的谨小慎微，一双眼直直地望向许知远。

他说：“在想，少爷对我有救命之恩、知遇之恩、再造之恩。恩重如山，这辈子我怕是报不完了。”

许知远听见这话，先是一愣，很快又拍着他的肩膀笑出声来。

“恩重如山？在你的眼里，我居然是个善人？”许知远的语气里几分自嘲，“这世上还有人当我是善人，真是难得。”

沈轻舟见他这样，也不多话，只在边上站着。

没一会儿，许知远便停下了。

河面的波光漾在沈轻舟的身上，也晃在他的眼底，让他看上去纯粹又干净。许知远打量着沈轻舟，他的发丝细软，鼻尖泛着点红，感觉脆弱得很。

这样美好、这样文弱的沈轻舟看上去实在不像一把刀。

是啊，当年许知远会带沈轻舟回家并不是出于恻隐之心，他只是需要一把能让他放心的刀。

大户人家里都有“刀子”，那些“刀子”都是从小培养起来的，要养出这么一把并不容易，在沈轻舟之前，他失败了四次。养坏的“刀子”当然留不得，他将他们都杀了，几乎是刚一擦完血，便又寻几个新的来养。

也是凑巧，沈轻舟就是这时出现的。

在瞧见沈轻舟时，许知远便想，若这孩子能成事最好，如若不成，他也就是多花一些时间，左右他有耐心，多养一个人，也不亏什么。

况且他有预感，这个孩子不会让他失望。

从回忆里走出来，许知远拍上沈轻舟的肩膀：“若你真这么认为，以后便留心着替我做事，别给人抓住什么把柄。你能把事做干净，于我便是最好的报答。”

沈轻舟经历过险恶也经历过生死，他从卑贱的地方而来，摸爬滚打，即便现在大家都叫他一声沈老板，可他干的终归也还是下九流的事情。他生活在黑暗之中，眼睛里却还养着一片星，干干净净，连回答都认真得像是在许诺。

“好。”

许知远的眉眼深邃，又做惯了狠厉表情，平素即便是笑着也带些冷意，唯独此刻，想是染了月光的缘故，竟然柔和起来。

“不用想太多，你做事情向来利落，我对你一直都放心。”许知远背过身去，“说起来，我的手下有那么多人，可真正能让我放心的……”

沈轻舟的心跳随着他的停顿慢了几拍。

“唯你而已。”

说完，许知远抬头，看起了月亮。

他在望月，沈轻舟却在望他。

要沈轻舟来说，明月也分两轮，一轮高悬，一轮在人间。

在沈轻舟眼里，许知远总是发着光的，没有他不会的东西，没有他做不好的事情，更不该有这种类似于无奈的情绪。大抵是初次见面时，许知远弯着腰对他伸手的那一幕在他脑海里被刻得太深，沈轻舟对许知远习惯了仰望，也总觉得他无所不能。

今夜见他这样，沈轻舟有些不适应。

可没等沈轻舟犹疑太久，许知远便丢下一句“回去吧”，往来时的方向走去。

而沈轻舟也立刻抛开了自己之前的想法，低着头跟在他身后两步远的位置。

不敢近一步也不愿远一步，他把自己收得规矩又克制，好像之前的平等交流只是他梦里发生的。梦醒之后的沈轻舟，在许知远的面前依然不堪，依然卑微，依然是那个上不得台面的孩子。

要沈轻舟来说，他们之间就是四个字，天差地别。

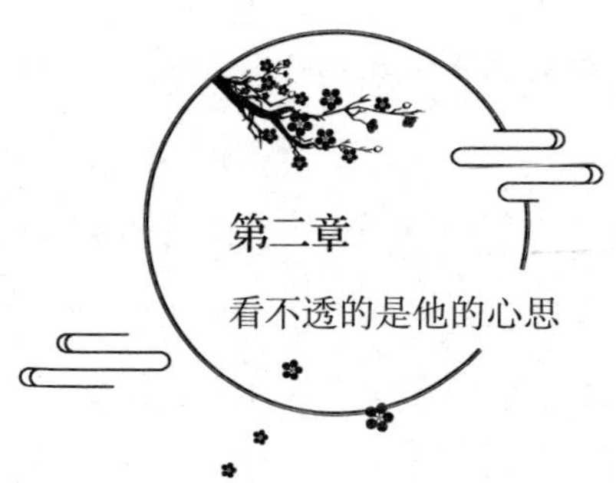

第二章

看不透的是他的心思

1.

第二天，孙二爷的死讯便上了报。

要说这孙二爷，那也是北平城里有头有脸的人物，祖上带着官爵，家里财产万贯。孙二爷的仇家不少，想要他性命的人也多，可真要绕过他的防备去取他性命还得不留痕迹，这也实在是一件难事。

是以，即便孙二爷仇家众多，他也潇潇洒洒地活了这么多年。

谁也没料到一朝之间风云变幻，孙二爷会走得这么突然。一时间，街头巷尾只要有人聚在一起，十个里有九个都在说这一桩。

可是，那么多的人在讨论这件事，却没一个推测出了杀手是哪家派出来的。

不巧，当沈轻舟被堵在宏福戏院后台的时候，他的手上正握着这张报纸。

来人有五个，都穿着黑色西装，他们几下便把其他人赶了出去，模样凶煞，看着就不好招惹。

沈轻舟下意识地退了一步：“你们是什么人？”

他们应当是算好时间进来的，正掐到了他下戏卸完妆、换好衣服的时间点。

领头人见他后退，往前逼近了些。

这男人很高，被人居高临下逼视的感觉不大好，沈轻舟身后就是梳妆台，他退不过去，只能稍稍侧了身子。

这时，身前的人冷然问道：“听说昨日下午，二爷来听了沈老板的戏？”

沈轻舟心里有了打算。他微微瑟缩，小鸡崽儿似的：“是来听过，但听完就走了。”

他早查过孙二爷。

孙二爷喜好欢乐，他有个小院儿，常带人过去。

那是独属于孙二爷的一块地方，他去那儿也从来没有告诉旁人的习惯。孙二爷每回带人都是蒙着人眼睛开车绕圈子去的，也是因为这样，即便去过那儿的人不少，也没几个能说得出那地方在哪儿。

沈轻舟起初也有过担忧，怕孙二爷防备得紧。但还好，孙二爷有一个最大也是最致命的缺点，就是傲慢自大。孙二爷知道沈轻舟是许知远的人，却仍自信地愿意单独会他，同往常一样，半点儿消息也没透露。

这么说，孙二爷死在这一点上也合理得很。

沈轻舟仔细回想，孙二爷那边他都处理干净了。昨夜除却许知远外没有人知道他在哪儿，他行事向来谨慎，回想后确认没有留下痕迹。既然如此，这伙人应该也没什么证据。

只要没有证据，事儿就好办了。

“沈老板这是在装傻？”

“什么装傻？”沈轻舟瞧着迷茫不解，“你们在说什么？”

领头人抓住他的手腕：“昨日下午你去了哪里？”

“昨、昨日……”沈轻舟惊得倒吸了口冷气，他像是怕疼，整个人都发着抖，“我唱完戏便回家了，哪儿都没去……我，你们、你们想做什么？嘶……”

手上的握力一直在加大，领头人的手跟钳子一样，像是要把他的手握断。

沈轻舟小声痛呼着，他的手腕很细，皮肤白嫩，领头人瞧了他一阵，等再放开的时候，他的手上已经有了一圈红紫色的掐痕。

领头人给边上的黑西装男使了个眼色，那人一手就掐住沈轻舟的脖子。沈轻舟挣扎反抗，力气却小，在黑西装男的眼里，他弱得简直不值一提。黑西装男轻轻松松地一只手制住他，另一只手从腰间掏出手枪抵在他额头上："老实点儿！"

沈轻舟一惊，微愣，但很快又露出想要挣扎的表情。

黑西装男不耐烦，装上消音器就朝天打了一枪，那枪口还在冒烟，下一秒，便又被抵在了沈轻舟的额间。

沈轻舟瞬间僵住了，他抖如筛糠："我，别杀我……你们要问什么？问什么我都说！"

领头人见他这副模样，皱了皱眉，和掐住他的黑西装男互换了个眼色——

好像不是。

黑西装男心领神会，一把松开手。

在失去钳制的同时，沈轻舟也没了支撑。他一下子瘫在了地上，仿佛已经强忍许久，再忍不住似的，竟然吸了一下鼻子，就那么哭了出来。

他爬着往后靠，吓傻了似的一个劲儿重复："别杀我，我都说，你们问什么我都说……"

然而那几个人却不再发问，只用审视的目光打量了他一会儿，不久便出门离开。

沈轻舟听见脚步声渐远，却仍未起身，失神似的继续抽泣，仿佛真被吓狠了。

不知过了多长时间，他才爬起来，他的头发被汗打湿了粘在脸上，眼睛鼻子都是红的，他捂着脸大口呼吸，用力平复着自己的情绪。可也就是在这时，他的手被人拉开，领头人不晓得什么时候回来的，他抓住沈轻舟的手往后一掰——

“啊！”

骨头断裂的清脆声音很快被沈轻舟的嘶吼声覆盖。

沈轻舟脸色发白，疼得几近抽搐。

倒不是装的，他从小就是这样。

他所感受到的痛感比正常人感受到的更加强烈，也就是说，受了同样的伤，他比别人更疼。与之相反的是，他比别人更能忍。

沈轻舟因此练就了一身好本事，当他需要自己“不疼”，他就能看上去毫无感觉，否则，他就是现在这个样子。

领头人鄙夷地瞟了一眼瘫软在地的沈轻舟，这才迈步离开。

沈轻舟背对门口半跪着，他垂着头，表情也埋在阴影里。

之前离开的脚步声只有四个人的，而领头人是第五个。

这回对了。

2.

“那人下手也真够狠的。”

小屋里，许知远捏着沈轻舟被绷带缠得过厚的手腕。

许知远的力气本就不小，在看沈轻舟伤势时又没放轻，沈轻舟的骨头刚刚接好，现在正是恢复时期，被人这么捏着其实难挨，可他表情淡然，甚至微微带着笑意，仿佛毫无知觉。

他说：“还好。”

“还好？”

许知远挑了挑眉，手上的力气一点点加大，沈轻舟的眼神却半分没变，依然含笑望着他。

“啧，比不过你。”

最后，是许知远先停下来。

他可不愿因为这个导致沈轻舟伤势加重，毕竟他还有需要沈轻舟去办的事情。

“沈轻舟，你知道吗？偶尔我会觉得你很可怕。”

闻言，沈轻舟微顿，面上没有波动，先前定神的眼眸却散了一散，像是忽然慌乱起来。

可怕？为什么少爷会觉得他可怕？

哪怕调动所有演技，沈轻舟也掩饰不住自己的不安。他像是失去了重要东西的小动物，再次对上许知远的眼神，他几乎连站也不

知道怎么站了，只手足无措地呆立着。

他努力平稳自己：“少爷？”

许知远坐回桌边，他小口啜茶，放任沈轻舟胡思乱想。

他说：“我觉得，我越来越看不透你了。”

“我……”沈轻舟想解释却不知该从哪儿解释，“我不是，少爷……”

他努力组织着措辞，可就像他不清楚为什么许知远会说出那句话，他就算有心解释，也想不出该从哪儿开始说。

沈轻舟正慌着，许知远却突然笑了。

“逗你的。”他说，“你啊，还是这样更生动些，之前在强撑什么呢？”

闻言，沈轻舟松了一口气。

也就是这松口气的工夫，沈轻舟发现，方才不过一小会儿而已，他竟吓出了一身冷汗，里衫也因此全部湿透了。

许知远永远有这种本事，用一句话让他惊怕，用一句话安抚好他。

“也不是强撑，我怕你担心。”

在情绪大起大落之后，这句话几乎是没过脑子，沈轻舟顺口便说出来了。说完之后，他又提起一口气，害怕这句话显得逾越。

“担心？”

许知远有些好笑，他确实会担心沈轻舟，可他的担心和沈轻舟理解的明显不同。只这话说出来未免伤人，寒了沈轻舟的心对他没有好处，他不蠢，不会这么讲。

“也是。”许知远挥挥手，招呼沈轻舟坐下来，又为他倒了杯茶，推到他的面前，“既然戏院那边准了假，这些时日你便好好休养。你也许久没来过这儿了，左右最近无事，便在这儿住几天吧。”

沈轻舟接过杯盏，茶水清香，沁人心脾。

这里是许知远的住处，也曾是沈轻舟以为的家。

八岁那年，沈轻舟被许知远带回来，在这里住过三个月。

三个月，说来短暂，他却难忘。

将茶杯放下，沈轻舟垂着眼睛。

“麻烦少爷了。”

许知远语带笑意：“不麻烦，只要你不让我担心就好。”

沈轻舟微愣，很快跟着他一同笑出声来。

窗外飞过一只鸟儿，欢声叫着，落下一片羽毛。那鸟儿不大，落羽也细软，随风飘着，像是落到了沈轻舟的心口上。

他这些年为许知远解决了不少事情，也受过许多伤。那些伤有大有小，最严重的一次，几乎要了他的命。生死间被扯回人世，谁听了都觉得惊险。可放在某些层面来说，他很感谢那些伤。

尤其是这次。

他拿起杯子，又饮一口。

沈轻舟想，还好那个人又转回来拧断了他的腕骨，否则，他哪能回到这儿，哪能留在这里休息？

3.

当夜沈轻舟睡得很熟，他回到了小时候，走马观花似的将八岁之前的记忆都看了一遍。那些画面闪动得很快，直到他见到许知远才慢下来。

他见到许知远，跟许知远回家。他把泥巴踩进了许知远干净的客厅里，迎着许知远审视的目光局促地站着，半晌才听见那位少爷轻笑一声，招手叫来用人带他去洗漱换衣服。

那是沈轻舟第一次这么认真地洗澡，他从头到脚把自己收拾得干干净净，再站到许知远面前，才终于有了一点点抬头挺胸与许知远对视的底气。

半大的孩子，连自尊心都幼稚，居然拿着从许知远那儿得来的东西作为与许知远相处的底气。

沈轻舟毫不客气地嘲笑着当年的自己，深更半夜，他笑着笑着就醒了。

醒来之后，他发觉自己的呼吸有些困难，拿手一抹，眼角都是泪。

也不晓得这眼泪怎么来的，自己明明没有梦见什么难过的事情。

次日，沈轻舟下楼，听见许知远在打电话。

他的声音很轻，像是在哄人。

沈轻舟靠在楼梯扶手上，只缓了一缓，就猜到了那边是谁。

他想，电话另一头大抵是金小姐。在许知远的交际圈里，只有金小姐是需要这么哄着的，也只有金小姐能让许知远心甘情愿轻声细语地去哄。而像他们这样的人，能得到许知远一个笑就很难得了。

金小姐是旗人出身，祖上沾着皇亲，真正的大家闺秀，做什么都端庄。哪怕现今大清亡了，她的身份变了，但那浸染到骨子里的气度和华贵也是甩不掉的。

他曾有幸见过金小姐一次。当时，他一场戏将将唱完，下场之后看见许知远牵着金小姐从座席离开，他靠在后台门边，远远瞧见金小姐回头望了自己一眼。

在金小姐之前,沈轻舟也见过许多女人,但她们要么是来看戏的,要么就是圈子里陪着老板过来的交际花。她们和金小姐是两种人，只消一眼就能辨得出阶层。

许知远放了电话，回头，空无一人。

他微顿，走到了另一边的偏厅。

和用来待人的客厅不同，偏厅是许知远自己的地方。这儿临着

院子，南面有个很大的窗户，坐在里边，抬眼就能看见外边栽着的海棠花树。

海棠是春天开的花，如今将近立秋，花期早过了。可沈轻舟站在窗边往那儿看，他微微抿唇，眉头下意识皱着，看得很是认真。

那里不过一堆叶子，许知远不解，有什么好看的？

他这么想着，也就这么问出来。

被许知远一打断，沈轻舟笑着回身："也没看什么，不过对着它发会儿呆罢了。"

"发呆？"许知远拿起圆桌上的瓷壶，给自己倒了杯茶，"在想什么？"

沈轻舟有意无意地又往那花树处瞥一眼。

"在想它长得真快。"他似是怀念，"没记错的话，我第一次来这地方，外边还是光秃秃的。那时我站在院里望着有人往翻松的土里栽树苗，以为少爷家也兴种菜，还想说我终于有个地方能帮上忙了。我能帮您顾着菜园儿。不料，有一天我来这儿浇水，被打扫院子的姨儿看见了。她告诉我，那边确实才种了东西，可种的不是菜，是海棠花，珍稀的品种，要仔细打理，让我别乱弄。"

闻言，许知远随口道："是吗？"

沈轻舟见他这般反应，猜到了他没有印象，便也不再多说，只

是笑了笑。

“少爷吃过早点了吗？”

“吃过了。若你饿着，可以去厨房叫翠妈给你盛碗粥。”

或许是刚刚和金小姐说完话，许知远的心情不错，连带着表情和语气都温和下来。他说完，瞥一眼沈轻舟被包着的手，笑着放下茶杯。

“罢了，你也不方便，我去帮你端一碗。”

沈轻舟闻言摆手：“哪能劳烦少爷……”

“坐着吧。”

许知远只稍微收了笑意就将沈轻舟定在原地，他说：“我没花儿那么娇贵，端碗粥的事情，怎么干不得？”

厨房和偏厅的距离不远，许知远走得又快，沈轻舟只来得及见他离开，还没回过神来就瞧着他端着粥碗回来了。但少爷毕竟是少爷，没给人端过东西，没有经验，也不细心，这一来一回，他除了碗粥什么都没拿。

那粥很烫，也没勺儿，沈轻舟刚喝一口就被烫了嘴，再抬头，眼里一股子舒润的水汽，也不知是不是被烫出来的。

“怎么样？”

许知远压根儿没想到自己是不是忘记拿什么，也根本不觉得沈轻舟这么喝粥有问题。

“粥香软烂，煮得很好。”

“哦？那兴许是翠妈又焖了会儿，我喝的时候觉得一般。”

沈轻舟笑着摇头，又喝了一口。

怎么会一般？这是他喝过的最好喝的一碗粥。

4.

这阵子许知远果真得闲，尤其今日，他只是早晨出去了一会儿就回来了。沈轻舟没想到许知远会回来得这么早，当时，他正坐在书房里，对着钢琴发呆。

沈轻舟抚上琴键，敲出清脆的一声，这琴音质极好，即便只是碰碰，声音也很好听。

可惜了，这种稀罕玩意儿，他见得都少，更别提弹了。

沈轻舟叹了口气，正想合上琴键上的盖子，不料有一只手伸过来拦住了他。

“你对这个感兴趣？”

沈轻舟回头，对上许知远饶有兴味的一双眼。

都说早秋是老虎，太阳比夏日还烈。今儿个却好，天上飘着丝丝薄云，遮住了炙热的阳光，只余下清透的几缕从云层的间隙里照出来，让人不觉燥热，只觉暖融。

许知远站在沈轻舟的背后，微微俯身，在琴键上随手弹出几个音。

然后，他转头问沈轻舟：“想学吗？我教你。”

许知远大概是顺手，在弹完之后把手搭在了沈轻舟的肩上。沈轻舟原本坐在那儿好好的，这会儿却忽然站了起来。他的动作有点大，夹杂着几分莫名其妙的慌张，连带着磕到了琴凳，腿上一麻，差点儿摔倒下去。

还好许知远扶了他一把。

“我怎么不晓得你这么容易被吓着？”许知远戏谑地笑了笑，又把沈轻舟按回了琴凳上。

近日温度高，沈轻舟贪凉，只穿了一件单薄长衫。长衫布料轻软，兴许是因为这样，所以显得他肩上那只手的存在感格外鲜明。

沈轻舟咽了一下口水，他稍稍镇定了会儿：“我对乐器没有天赋，还是不麻烦少爷了。”

许知远也不勉强，只是对他摆摆手。

沈轻舟没看明白，脸上带了些疑问。

许知远挑眉：“不是说没天赋吗？那还坐在这儿干什么，起来。”

闻言，沈轻舟立马起身，规规矩矩地站在了一边。随后，他看见许知远坐在了琴凳上，然后抚过琴键，流水般带出一串乐声。

余音还没散，许知远便开口了：“这东西也确实难学，你不愿意，那就算了，我弹给你听。”

窗帘被风扬起，底部缀着的流苏搔到沈轻舟垂着的左手上，他

感觉有些痒，却没有避开，只是将手握成拳。这一握，再没有放开。

钟表总是这样，不按照时间走。沈轻舟想，有时分明过了许久，那时针却只走了一刻；有时分明不过须臾，时针却转了将近一圈儿。那个时候，连日头都要配合它落下山去，生怕拆穿了这钟表乱走糊弄人的秘密。

就像现在，许知远这首曲子分明弹得缓慢，慢得沈轻舟将过往将来都在脑子里走了一遍，不远的挂钟却只走了四分钟。

这不对，太不对。

上回落在他心上的雏鸟羽绒又飘荡起来，随着鸟绒细细轻挠，他埋在心底深处的一句话也慢慢浮起，它乘着风悠悠闲闲地浮到他的嘴边。

有那么一刻，沈轻舟几乎就要将它说出来。

等最后一个音符落下，许知远的唇边带上了笑意。

“这曲子好听吗？”

沈轻舟先是点点头，很快又觉得不够诚意，追加一句：“好听。”

许知远却没怎么管他的回应，只低着眼睛轻轻笑：“这是莫扎特的《安魂曲》，是我在唱诗班认识的一个美国老太太教我的。当时我去那个教堂是为了找人，可惜去的时间不对，大家都在认真做

礼拜，我见状也不好打扰他们，于是便在角落里等了许久。我不信教派，因为无聊，便不时环顾一圈，只想找到了人便离开。说来巧也不巧,那日我要找的人走得早,我没寻见他,倒是瞧见了一个姑娘。”

许知远的话音像是山中寺里的钟，敲得沈轻舟清醒了些，也因为这份醒意，他心尖的那句话被稍稍压退，终于没说出口。

“那姑娘模样好看，气质出尘，唱得也认真，让人移不开眼。我因此多盯了会儿，她像是感觉到了，一转头，便也瞧见了我。”

许知远说：“我和夙姗就是这么认识的。”

夙姗，这个名字沈轻舟听过，只是毕竟生疏，他还是习惯称呼那位女士为金小姐。

身侧的手握拳握得久了一些，沈轻舟松了松，只觉得指节僵硬，动弹都困难。

可他面上毫无波澜，甚至还跟着许知远弯了眼睛：“这是少爷的缘分。”

“是啊，缘分。”

许知远手指灵活，在琴键上又走了一圈儿，带出的是《安魂曲》结尾时的一段。分明是一样的曲调，沈轻舟却觉得没有之前那么好听了。

不是曲子的问题，是他的原因。

在意识到这一点的同时，沈轻舟想，或许钟表也没错，错的也

是他。

有些东西从一开始就与外界的事物无关，即便那些东西本身也是外物。

而若从心论起，便是他逾越了。

沈轻舟自嘲地笑了笑。

他嘲笑自己对一些够不着的东西心存侥幸，分明无望，还想拿来问人，真是好笑。事实如此，他该知道的，即便他嘴硬觉得有希望，那也不过是自欺欺人。又或者说，自欺都骗不过，要欺人就更难。

阳光从窗外洒进来，许知远坐在那儿，身上笼着一层浅金。

他像是在想些开心的事情，半晌才起身。

他靠着钢琴缓缓道：“夙姗啊，最喜欢这《安魂曲》。”

沈轻舟浅浅地笑，嘴上附和着许知远，说了几句好听的话，自己心头上那句却滑落下去，再说不出了。

第三章

沈轻舟，你在委屈什么呢

1.

在今天之前，沈轻舟从没想过，世间事能够巧到这个份上。

这段时日许知远看着心情很好，一样是早出晚归，却半点儿没有从前的疲惫感，也不知是在做些什么。沈轻舟对此好奇，却碍于身份不敢多问，倒是今儿个，一不小心就把自己好奇的这桩心事给解了。

许家小院种了些花，那些花大多金贵，即便好好照料，每一季也会蔫掉几株，救不活，便要更换。这些杂事一贯是翠妈管的，偏巧她今日不适，去不了花市拿花，沈轻舟见状便将事情领了过来。

左右他休养得差不多了，又许久没出门，能出去转转也好。

新运来的花苗大多健康，只有几株叶子发黄，沈轻舟仔仔细细地检查了一遍，把那几株换了，这才小心地抱着花苗往回走。

那花苗根上包着土，沈轻舟起先没注意，直到走到一家小店门口，被那玻璃一晃，这才发现自己的衣服上不晓得什么时候被弄脏了。他细细将土拍干净，又望向玻璃，原本是想看身上还有无脏污，不料，他望进窗里，看见了一双人。

现在将近中午，正是吃饭的时候，店内生意很好。

许知远和金夙姗相对坐着，谁也没有发现沈轻舟。沈轻舟却愣着往后退几步，像个偷窥者，揣着一颗惴惴的心站在了窗边。他犹豫片刻，本想离开，不想多看，眼睛和腿却同时背叛了他，他没做出一件想做的事。

不同于平日的西装革履，今日许知远穿了一件长风衣，看上去轻松随意。在沈轻舟眼里，这样的许知远像他又不像他。

金夙姗喜好甜食，不爱正餐，许知远为了哄她，给她点了一碗糖蒸酥酪。

这家店的甜品小巧，每一样都是一小份的，几口就没了，也不占胃。

许知远在点完之后笑着同金夙姗打商量："吃完这个，你可就没有理由再赖着不吃饭了吧？"

金夙姗转了转眼珠，同他做个鬼脸：“可万一我吃完这个就饱了呢？”

“那你下回就再也别想吃到甜品。”许知远弹了一下她的额头，“我还管不了你了。”

金夙姗捂着额头后退，她做出一副生气的样子，脸上却是笑吟吟的。

“你这么凶，我不和你出来了，省得你欺负我。”

许知远笑着摇头：“好好好，不凶你，但饭还是要吃的。”他以目光代手抚过她侧脸，“你未免太瘦了些，还是养养为好。”

说话期间，服务员端了一碗酥酪上来，两人只顾着看对方也没注意，还是等金夙姗想尝一口酥酪，才发现那服务员没拿勺子。许知远见状也没有再喊人，而是亲自去拿了一个过来。拿来之后，他从怀里掏出帕子擦了擦，这才递过去。

沈轻舟离他们不近，听不见他们在说什么，可他们的动作他看得清楚分明，连一点微末的细节都没有错过。

怀中的花苗抱得太久，他的手臂有些僵了，于是他换了动作，将花苗整了整。他葱白的指尖上沾了点土，湿漉漉的，也没处擦，这感觉不太好。他无意识般又抬了头，恰好瞧见金夙姗吃完了酥酪，许知远点了点自己的嘴角向她示意。金小姐没懂，对面的人见状无奈，

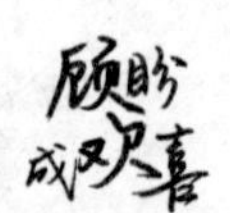

拿起桌上的帕子便为她擦了嘴角。

街角的树叶开始变黄了，叶尖都有些枯。

沈轻舟走过那处，有一片被虫蛀过的树叶落在他的脚边。

他顿了顿，蹲了下来。

沈轻舟捡起那片叶子，捏着叶柄在指间转着。

比起什么都没有，他其实是得到了。

有些东西是不能比较的。

半晌，他突然笑了笑，低声自语，问的是一句连自己都找不到答案的话。

“沈轻舟，你在委屈什么呢？”

将花苗带回许家，沈轻舟也没同翠妈打招呼，自个儿就将枯萎的那几株给换了。

他见过外边的野海棠花树，生得好的能长到三层小楼那么高，倒是这院里栽的，怎么长都超不过一人高，还总爱枯。说是珍贵品种，要精细养着才能活，说到底，不过就是这花儿不适应这个地方。

若不适应，怎么精心照料，它都是要死的。

“投我以木瓜，报之以琼琚。匪报也，永以为好也！投我以木桃，报之以琼瑶。匪报也，永以为好也！投我以木李，报之以琼玖。匪报也，永以为好也！”沈轻舟栽着花苗，喃喃念着。

他从前听人说起，讲这诗里的木瓜、木桃、木李，其实都属于海棠一系，能被写进这么美的诗里，这花儿也确实招人喜欢。

将土按压紧实，再站起来，沈轻舟有一瞬间的眩晕。他稳了稳身形，再睁开眼睛，这才发现天已经黑了下来。

他竟是在这儿蹲了一下午。

算算时间，饭点早过了。翠妈又不舒服，沈轻舟叹了口气，往外走去，原是想着随便寻些东西垫垫肚子，但真到了饭馆，他又没了胃口。沈轻舟只在饭馆门口站了一小会儿便离开，游魂似的，他漫无目的地在街上闲逛。

逛着逛着，他闻见了一股酒香味。

他脚步一滞，拐向了酒香来源处。

2.

街上月光清亮，笼在身上却成了薄纱，罩得沈轻舟暗了一层，模样、表情都看不真切。偶有路人回首，也多是因为他身上的酒气。

他不记得自己喝了几瓶，但算一算该是不少，否则也不会掏光了身上的钱都不够，还要同那家老板赊账。

有一个词叫“过犹不及”。沈轻舟想，虽然这么解释不太对，可似乎也说得通，他酒量太好，好得喝不醉，便是不好。

此时此刻，他很想醉，想要大醉，清醒的感觉太糟糕了。

沈轻舟叹了口气，突然想起一个说法：谎话重复千遍就是真的。那么，若他当自己醉了，或许过会儿，他便真能醉了。这个想法有些荒唐，但他觉得可以试试。

原先平稳的步子变得凌乱起来，沈轻舟眼睛一眨，眸中便带上了水雾，整个人的气质登时变得迷蒙。大抵是在台上待得久了，他入戏总是很快，虽然未必真沉浸了进去，但那些东西外人是看不出来的。

偶尔他也会想起一句老话，说戏子无情。戏子倒未必真无情，只他们一时哭一时笑，看着善变，有情也叫人不敢轻信，索性将他们全判成假的，笼统道他们只知逢迎，没有真心。

可是……

他喝一口酒："都是人，人怎么会没有心？"

有心也要被误会，所以说，干这一行真亏。

"真是亏啊！"

沈轻舟身子一歪，踩着地上的泥水，脚滑撞到墙上，掼得胳膊疼。他也不想再动，索性停在了那儿，未料到自己刚刚顺势坐下，就听见有个人在他身边停住了脚步。

"你怎么了？"

仿佛三九天顺着脖颈滑下了个冰块至背脊，沈轻舟一个激灵，猛地抬起头。身前的人背光站着，脸上戴着个小面具，很孩子气的

东西，和他周身的冷然气息十分不搭。

这面具是金夙姗送许知远的，许知远原本是戴着好玩，戴了会儿就准备摘，但或许是此刻沈轻舟脸上的惊愕取悦了他，他搓了搓手指，就这么蹲下来。

许知远隔着一层面具与沈轻舟对视：“喝醉了？”

他这一问太响，比那惊雷更能炸着沈轻舟的耳朵。

先前被压住的酒气在这一瞬蒸腾成雾，慢慢浮了上来，搅得沈轻舟大脑一片混沌。他睁眼，看见了八岁那年的变故，看见了久违的许知远。

没有人知道这短暂的一秒里发生了什么，就连沈轻舟自己都摸不清。然而，再开口，他吐出的是莫名其妙的一句话。

沈轻舟说：“是陌生的朋友吗？”

许知远挑眉，心道他这是醉得人都不认识了？也好，左右无事可做，索性陪他玩玩。

“是。”

沈轻舟松了一口气似的。

平日撑着他的那股子精气神全被抽干净，此时，他整个人瘫在墙角，气质靡颓，毫无风华，和街边醉鬼没什么两样。

他带着酒气打了个嗝儿，语气轻松，闲聊似的：“朋友，你知道吗？

我心里有了一个人。”

许知远蹲得腿麻，又见沈轻舟放松舒适，干脆学他的模样，坐在了他的身边。

“是吗？”

沈轻舟打量许知远一眼，突兀地笑了：“喝酒吗？”

许知远将他递来的酒瓶子推了回去：“不用。”

沈轻舟也不介意，就着那一推便又喝一口。

“我喜欢那个人很久了，可发觉不久。在发觉时，我想过许多。”他咂了下酒香味，“我想，倘若日后我还能成婚，婚后有了儿孙……罢了，我这状况，还是不要祸害人家的好。不过，便是我这辈子都走脱不出，以后也想收养一个孩子，不单是为了养老，其实我很喜欢孩子。到了那时，我若给他取名字，定要在那名儿里加个‘知’。”

许知远明显愣了愣：“哪个知？”

“知道的知，也是不知的知。”沈轻舟说完便笑了，笑着笑着又沉默下去，良久才再开口，“我晓得我们没有可能了。但我总忍不住想，这余生的亲系里，不论是哪儿，能再多沾着他一个字都是好的。我别的也不奢望了，只想求那人一个‘知’。”

月色昏暗，沈轻舟低垂着眼，脸上带笑，可许知远总觉得那笑浮于表面。许知远被酒气一熏，架着人下巴便把沈轻舟的脸抬起来。

与此同时，那面具的挂耳断了。

沈轻舟在看见那张脸的时候明显一慌。

他不是不知道面具下是谁,可有些话,隔着面具说和摘下面具说,到底是不一样的。

在挂耳断开那一瞬许知远便松了手，他着急扶住面具，生怕它摔坏，因此错过了沈轻舟眼底的情绪。等他再抬头，看见的是一张醉醺醺的脸。

许知远直觉自己错过了些东西，可这感觉太过奇怪，不过刚刚闪现就被他抛之脑后。

“你喜欢的那个人叫什么名字？”

沈轻舟痴痴地笑，似乎回忆起了什么甜蜜的事情。他说：“知夏，叫知夏，是我们戏班子里的小丫头。”

许知远看着这个笑容，想起了金夙姗。

“看你这模样，那丫头想必极是可爱。”刚一说完，他又不懂了，“那为什么说不要祸害人家？”

沈轻舟直直地盯着眼前的人，就这么盯着许知远，如同直视太阳的孩子，刺眼也不移开，只等自己惊慌不已的心渐渐平稳下来才又说道：“我在明是个戏子，在暗又拿着刀枪，这日子过得，不是假意逢迎就是刀口舔血，怎么说都没个安定，这还不是祸害？”

他的眼神太过清明，不是醉鬼该有的。

许知远一挑眉：“醒了？”

沈轻舟骗不过许知远，什么时候都骗不过，于是也不再装醉。

他颔首：“少爷。”

俯仰之间，他逐渐拾起沈轻舟的气度，不再是那个醉鬼。

“是我把你领上的这条路。”许知远把玩着面具，“听你刚刚这话，是在怪我？”

“哪能啊？”沈轻舟微微笑了，模样却极为认真。

甚至，当许知远对上那双眼睛，还错把它当作星河闪烁的缩影。

夜风轻轻，月影幢幢。

沈轻舟望着许知远，赌誓一般：“遇见您是我的福分。不论往后如何，哪怕是伤是死。”

他掷地有声：“我这辈子都怪不起少爷您。”

3.

北平城人多热闹，尤其到节假日时，长街之上更是摩肩接踵。

现在是傍晚，已经到了饭点，周围弥漫着饭菜的香气，沈轻舟却半点胃口都没有。他坐在雅北楼包厢，偶尔看一眼窗外，楼下进出的人络绎不绝，每个人的脸上都带着笑。

有时候沈轻舟也会疑惑，他们的好心情到底是哪儿来的？大家都是人，怎么他就遇不上什么值得开心的事情。

他的手才好不久，其实遵循大夫的话，他应该多多休养，只是不巧，正是那个时候，戏院张老板联系上了他。不是什么好事。张老板先是同他客套，没多久就表明了意思。他说，有个大人物要来北平，那位爷最爱听戏，指明了要听他唱。听闻他手伤着了，也体谅来着，说，若他伤还没好全，不做动作，单唱也是行的。

沈轻舟是在许家接的这通电话，当时许知远也在边上，原本是说若他不愿意唱便替他出面推了这一桩，却在听见那大人物的名字时改了口，让他去了。

张老板没骗沈轻舟，许知远也确有考量，那位爷真是个人物。单说人物还轻了些，事实上，讲他手眼通天都不为过。那可是明面上的铁将军，实际里的大军阀，说出名字，没几个人不晓得。

那位爷是李风辞。

外边都传，说他阴晴不定，手腕铁血，不好应对。因此，在接触他时，沈轻舟十分仔细，生怕自己哪里惹了这主儿不高兴，遭了灾祸。

这么注意下来，那李风辞倒也没怎么着他。沈轻舟没在那儿遭什么罪，但他觉得累，分分秒秒都紧绷着，小心翼翼应对待人，真是很累。

而更让他疲惫不安，他也不愿承认的一点，是关于许知远。

虽说从前在没有活儿的日子里，许知远也不怎么联系他，但现

在和那时不同，他就是有一种直觉，觉得许知远要步向另一个地方，要准备抛下他了。

沈轻舟啜一口桂花酒，捻起一块切好的月饼。恰时天边月轮升起，另一边的夕阳却没有完全落下，墨蓝天幕与晚霞缠绵着，起初还各有颜色，慢慢又被风给搅得均匀了。

在天色暗下时，他咬了一口月饼。

他果然还是不喜欢这种甜食，不过到底是这个日子，全当应个景吧。

在他放下月饼之后，包厢的门被人从外推开，许知远摘了帽子挂在门边。

“我不是叫你先吃吗？怎么还没上菜？”

几乎是在看见许知远的那一时间，星光便落在了沈轻舟的眼里。

“我先前不饿，便想着等等少爷。”

许知远和服务生打了招呼后，在沈轻舟的身边坐下：“其实不必等我，我晚上还有约会，饭就不吃了。今日我找你，只是要说一件事儿。”

许知远的模样太过严肃，每回他这么严肃，沈轻舟都会有些不自然。这份异常从心里蔓延到身体，他的四肢因此而僵直。他努力控制着自己不表现出来，手脚却已经开始冰凉了。

可他还带着笑：“少爷要说什么？”

沈轻舟露出这个笑时，许知远第一眼看见的是卑微。

从小到大，十几年里，沈轻舟在面对他时总带着不自觉的卑微，他能够猜到那份卑微是哪儿来的，可他不明白，这种东西怎么能够保持得那么久。

如今的沈轻舟早已不可同日而语，他应当清楚自己价值才对。

许知远的嘴唇很干，他有些渴了，于是将杯子往那儿轻轻一推，沈轻舟几乎是在他做出这个动作的同时便起身给他倒茶。这是一种习惯，哪怕他因为紧张而浑身僵硬也不会忘记动作。

“我要结婚了。”

沈轻舟倒茶的手一抖，茶水溅出来些，有一滴正巧溅在了许知远搭在桌面的手背上。沈轻舟晓得那茶有多烫，他立马放下茶壶，好像那水溅在了他身上，他周身一麻，望向许知远的眼神几乎带上了惊恐。

“少爷……”

“行了，不过是点茶水，至于这么大惊小怪？”许知远皱眉擦手。

沈轻舟却并未因此消去多少不安。

许知远继续说：“我从前以为权势名利多重要，现在想想，这些东西实在犯不上拿命来换。这段时日我做了些打点，也将那些不

干净的东西尽数处理了，往日里让你做的那些事情，今后怕是不需要了。”

茶香袅袅散在周围，沈轻舟却从中闻到了一丝涩味。

“轻舟，往后你可以去做你自己想做的事儿，安生过活，好好唱戏。前面做过的那些事，若有没收完尾的，你还可再联系许家。无论如何，交情一场，我会保你一命。”

说这句话的时候，许知远给人的感觉像是一位长辈，嘴里说的都是为你好，偏生没说到听者最在意的地儿，反而戳到了他的痛点，叫人既不想听也不想接受，心头堵得慌。

“我记得你说你有一个喜欢的姑娘，叫知夏？”许知远道，“既然你不必再担心自己朝不保夕，或许，你也可以同那位姑娘说明你的心意。”

沈轻舟低低地笑了起来，像是讽刺，像是不甘，像是有苦难言。

“多谢少爷记挂。”

他嘴里道着谢，表情却不是那么回事儿。

“你这是什么态度？”许知远明显感觉到了。他让沈轻舟安心唱戏，原本是好意，不料沈轻舟这般不知好歹，“你是不愿安生，被人打顺了，准备死在暗杀场里吗？”

许知远做少爷做惯了，尤其是在沈轻舟面前。他从来都是被捧

着的。他自以为对沈轻舟有所肯定，但或许在心底也还是把沈轻舟当一个下人，是不能也不被允许忤逆自己的下人。

有些东西沈轻舟从未在意，可情绪是会发酵的。而加剧它发酵的，往往就是这些不曾在意。

“若按这个委婉的说法，那少爷当真是在为我着想，我也是当真该感谢少爷。”沈轻舟起身，“然若还有下次，少爷大可直说。就说以后用不上我了，让我卷铺盖走人，去戏班好好唱戏。除非紧急，否则不要再和许家有什么联系。这不是更痛快？”

许知远没想过沈轻舟会这么驳自己，心火一激涌上头来：“你这是什么意思？沈轻舟，你是不是忘了自己是怎么活下来的，是不是忘了自己是从哪儿出来的了？瞧你这话是看不上唱戏，那你是愿意回去当你的小娼妓？”

有些话不是话，是刀子，是片在身上的利刃。

许知远触的是沈轻舟的逆鳞。

很奇怪，沈轻舟觉得自己应该大怒，心里涌出的却只是悲苦。

许知远大抵是气极了，连个眼神也不想再给沈轻舟，拿着外套就要出门。

就在他出门的时候，沈轻舟忽而开口。

声音低低，无波无澜，没有人味儿。

他问：“少爷以为戏子和娼妓有什么差别？”

许知远停下了脚步，身后的人顿了顿，唇边带上点笑。

沈轻舟说：“若是台下坐着什么达官显贵，在看戏时也看上了一个人，少爷以为戏院会为了护着我们而开罪那些老爷吗？

“便不是戏院，便是您。我跟着少爷十五年，可将我和李风辞一比，您还是知道该舍哪个。谁都知道该舍哪个。但被舍的那个，后果如何全凭运气，是死是活，谁在乎呢？”

那话是埋怨的话，语气却平和，仿佛再简单不过的叙述，凑在一起，居然叫人不忍多听。

许知远沉默了一会儿，最终也没说什么，就那么离开了。

他不清楚沈轻舟的心情，也没去看沈轻舟的模样，好像沈轻舟只是一件东西，随手可扔，不足为惜。

第四章

金小姐与少爷实在般配

1.

许知远没有再找过沈轻舟。

在距离那日一月之后，许知远结婚了。

“十”是个圆满的数字，秋桂泛金，满街都是香的。算命的说那天是百年不遇的好日子，诸事皆宜，他同金夙姗便是在这么个日子里互许了承诺。

当天酒席上，许知远瞥见门口一个熟悉的影子。

那人身子本就单薄，现下更是清瘦了一圈儿，西装挂在他的身上，空落落的。而那人对他遥遥举杯，像是在祝贺。

沈轻舟原本不想来的，不料辗转反侧一夜之后，一大早，他自个儿便穿上了新做的衣服，跑到了这个地方。他没有请帖，但开门的人是许家人，他们没有拦他。沈轻舟不知自己该不该为此庆幸，但很快他就不想这些了。

他看见了许知远。

和沈轻舟相反，许知远的状态很好，精神又贵气，整个人神采奕奕，没有半分疲惫。他站在金小姐身边，两人当真是郎才女貌，天生的一对。

金夙姗本就生得明艳，今日一番打扮，又是笑意盈盈，美人如斯，夺目得很，任谁都舍不得移开目光。许知远就更不用说了，他本就心悦于她，眼下更是大半的心思都在她的身上。

沈轻舟没有指望过许知远会瞥见角落里的自己。

可他偏偏看了过来。

沈轻舟一愣，很快反应过来，向他举杯。

那杯子是空的，里边一滴水都没有，好在他在戏台上假喝惯了，将杯子送到唇边，仰头灌下，动作自然得很。只是他没想到，自己一段时间不进食，现下咽口空气都胃痛。像是被刀搅过，他疼出一身冷汗。

他一只手捂着胃，另一只手却还能无事似的拿出手帕擦了擦脸上的汗。放下手后，他自觉狼狈，起身便想离开，不巧的是这时许

知远竟带着金夙姗走了过来。

这是最后一桌，他们正好敬酒到这儿，金夙姗的脸上轻泛薄红，对比来看，便显得沈轻舟的脸色越加惨白。

沈轻舟是强撑着喝下那杯酒的，喝完之后，他撑着桌子试图维持住平静的表象。但这到底是在许知远面前,他一眼就能看透沈轻舟。

许知远敬完一圈儿便离开，临走前不过随意瞧了沈轻舟一眼，这是他大喜的日子，他忙得理所当然。沈轻舟轻咳几下，深深呼吸，余光看见登记台边上放置的礼品箱。

许知远是个人物，所收的礼物自然没一件寻常的，可在那些东西当中，有一个箱子又大又重，叫人猜不着里面是些什么。那是沈轻舟的随礼。

他把他这些年攒的所有家当都送给了许知远，包括他攒下的财物和几张地契。

里面值钱的、不值钱的，用心挑选的、随手买来的，每一样的来源，都是他念着期许想送给他，这样收来的。他原先总找不到由头，轻了怕少爷嫌弃，重了又觉自己身份不适合，今天总算一并送去了，也算是了却他一桩心愿。

沈轻舟弯了嘴角，眼睛却发涩。

他把脸埋在袖子里，重而无声地叹一口气。

接着，他起身便想回去。

然而没料到，在走到门口时，他被一个人拦住了。那人是许知远的手下，在这儿也干了许多年，是个熟脸，沈轻舟认识，也同他打过不少交道。

这位小兄弟每回寻他都只有一个目的，是许知远又有了新的任务给他。

但现在该不会再有了。

那么这次是因为什么呢？

沈轻舟在小隔间里等了会儿，脑子里不断地在猜，却怎么也猜不着。

窗外秋高气爽，阳光正暖，把草木都映成金玉，沈轻舟一边猜，一边按着胃，一边望着外边儿发呆。兴许是放空太久，因此，当许知远踏着暖光走过来，将一包药片扔在他面前时，他整个人都是蒙的。他甚至没问那是什么，接过之后，就着口水就咽下去了。

咽完之后，他又接过许知远递来的水杯，本想说不用了，他都吃完药了，但在看见少爷模样的时候，他的眼睛莫名泛酸，低头便把水喝了。在这之后，他的胃果然舒服了些。

“好些了吗？”

许知远胸口别着的花儿都还没摘，身上也沾着酒气，就这么站在他的身前，鲜活又真实。

沈轻舟仰头看着许知远，他原先以为梦里的够真了，但现下看着，同现实相比，梦境还是太单薄，单薄得像个影子，光稍暗一些，那影子就糊了。

沈轻舟将杯子放在一边。

“谢谢少爷，我不疼了。”

许知远盯了他一会儿，随后在一旁坐下。

“这是不生气了？”他吐字很轻，声音又低，话里带着笑意，怎么听怎么像是在哄孩子。

沈轻舟抿了抿嘴唇，骤然便觉得委屈，但他很快将那上涌的感情按下去，挤出个笑来。他在袖中握紧拳头，与许知远对视一眼，再开口，声音平静清和，听着安稳得很。

“那天我说的都是气话，少爷宽宏大量，不要同我计较。”

许知远挑眉不语。

大概是起了个头儿，再说祝福也就容易了些。

“金小姐温婉大方，与少爷实在般配。”沈轻舟微顿，“还没来得及说，少爷新婚快乐。”

“谢谢。”

许知远点点头，正要再说些什么，沈轻舟却一下子站了起来。

“少爷，我今日还有些事情，就先走了。”

他也不清楚自己为什么要打断许知远，但他确实有些待不住了。

今天是许知远的大日子，但他一脸苦相，实在不适合待在这儿。在这地方，他觉得自己很狼狈，多留一秒钟都觉得不安。

“既然如此，你便先回去吧。等下回有机会，我再找你把今儿个的酒补上。”

沈轻舟颔首，起先还能稳住脚步，然而，出了许家大门，他便逃似的小跑起来，脚步踉踉跄跄。路上的行人见着，都忍不住回头多瞧几眼，可是几眼之后也就过了。

街上总是不缺热闹的。

2.

月光昏暗，沈轻舟坐在书桌边看着一个小玩意儿。

那是个手掌大的陶瓷摆件，孩子玩的东西，街上到处都是，没什么好说的。

货是便宜货，来处却稀罕，是许知远给他的。

它在这儿很多年了，也不晓得当初许知远是从哪儿捡来的，把玩了一阵，随手就搁在了他面前。

当时，许知远叫他帮忙扔了。他倒好，拿着人家不要的东西当宝贝。他把这小东西放在了书桌上，每日给它擦灰，不明白的，还以为这是什么珍稀物件，需要这么对待。

瓷白的小玩意儿在夜里亮得晃眼，沈轻舟魔怔了似的，伸出手来，

将它一寸一寸地往桌边推。他的书桌没多大，不多久，东西就被推下去了。

“啪——”

望着一地碎瓷片，沈轻舟呆呆愣愣，半晌不晓得反应。

窗外的月轮移了位置，照进来一束光，那白光正好打在碎瓷上，沈轻舟眨眨眼，起身去拿了扫帚和撮箕。

以为多结实呢，原来只是没碰它罢了。

沈轻舟将碎瓷片和地上的积灰一起扫走，倒在了垃圾桶里。瓷片碰撞的声音在夜里显得很响，他却仿佛没听见，把东西一放，转身回了卧室。

瓷的就是瓷的，若是早些磕着，怕是早就碎了。

第二天，沈轻舟去了戏院。

李风辞早早等在那儿，他身上的衬衣西裤穿得妥帖，手里摇着一把折扇，较之大家心目中杀伐果决的大军阀，看起来倒更像个矜骄清贵的少公子。

“今儿个唱什么？”

“便唱一曲《杜十娘》吧。”

沈轻舟既不化妆，也不换衣裳，他把外套挂在一边，随口就来：“多年的心愿未白想，我定与李郎配成双。”

“啧！”李风辞将折扇一收，“我瞧你这句不入活儿，唱着也没有以往的水准，仿佛境遇与词儿是反着来的，还是换一首吧。”

沈轻舟的动作一停。

这几天戏院没人，倒是成了李风辞的专场。

沈轻舟在这儿唱了很久，他入戏总是很快，唱得也好，以往许知远空了也会来听，就坐在楼上包厢。可如今戏院里空空荡荡，没有光亮，连台上都只站着他们两个。

“这不是表演的时候，难免入活儿慢些。”

“是吗，我怎么瞧着你说的不像真话？”李风辞拿着折扇比了比，状似无意道，“反而我讲的那句更贴近。”

沈轻舟但笑不语。

这里实在太黑了，不远处的小窗户即便打开了也亮堂不了多少。李风辞收起折扇，掏出打火机，他拇指一擦，火机便冒出一簇火苗。

那簇火苗吸引了沈轻舟的注意。

他转身，蒙眬间看错了人，误以为那火苗是十五年前蹿过来的，而他也就透过这微弱火光望到了过去。

“听说许家少爷结婚了？”火光映在李风辞的脸上，“也不是听说，那天我在街上瞧见你跑过去，再往前走，就听见人说他们的婚礼办得热闹。你是去送祝福的？”

“对。”

“看你这不情不愿的模样，不想去为什么要去？”

“我清楚自己，不去会后悔。”沈轻舟笑着反问，“再讲，人活着哪那么自由？不想做的事就能不做吗？”

这句话听得耳熟，以前也有人这么同他说过，李风辞顿了顿："说的也是。"

李风辞大概只是随口附和，沈轻舟心口却有什么东西被这一句拽着涌出来。

沈轻舟活了二十多年，没过过一天舒缓的日子。他压抑惯了，偶尔想说些心里话也无从开口，却是这一秒，他站在台上，不想再演别人的故事。他想讲讲自己。

“你看，我以前也不喜欢唱戏，我也不喜欢做一些老鼠一样的事情，我见血还犯恶心……”

沈轻舟想说的很多，可他不过刚说了这一句，李风辞便把火吹灭了。

在火光消失的一瞬间，沈轻舟的喉头一干，忽然没了声音。像是放到一半的电影，随着白光消失，幕布上的画面戛然而止。

李风辞毫无察觉："这样？那你为什么不离开？还是其实你一直想离开，可惜却走不了？"

戏院空荡潮湿，又不通风，给人一种闷热压抑的感觉。李风辞

觉得不舒服，将袖子往上挽，给自己擦了擦汗：“欸，你不热吗？”

沈轻舟摇摇头。

“你还真是玉琢的。”李风辞玩笑般地捏了他的脸一下，“不出汗就算了，身上还这么冰。”

沈轻舟皱眉：“别动手动脚的。”

李风辞惊道：“至于吗？”

说完又想到沈轻舟的身份处境，李风辞尴尬了一瞬。这世道远没有人想的那么干净，尤其是下九流的地方，最容易藏污纳垢，在这样的地方生活，沈轻舟对一些东西敏感也正常。

李风辞脑子转得快，道歉也快：“方才不好意思，若有冒犯，沈老板给我个面子，不要和我计较。”

沈轻舟清楚他的性格，也没多想，只是摇头：“不至于。”

“那咱们说回之前的。”李风辞翻篇快，“你真是想走走不了？要不要兄弟帮你一把？”

沈轻舟一停：“我能走了。”

他说完又重复一遍：“我现在可以走了。”

李风辞抱着手臂，略显沉默。

“怎么样，你要不要恭喜我？”

“若你想走，如今又能走，我是该恭喜你。但我瞧你这模样都快哭了，分明是不愿走。就这样，你还想骗我一句恭喜？”李风辞

背过手，眺向角落里那扇半开的窗，“想唬我，门儿都没有。”

沈轻舟与李风辞熟络起来是桩意外，在最初的时候，他也没想过自己能和李风辞成为朋友。虽然看着颇有差异，但或许在本质上他们是同一种人，相似的人总能交好。

风雨夹着几片树叶吹进来，沈轻舟跳下台子去关了窗，自己却被雨弄湿了袖口和头发。

他随便拍了几下。

“我原本也没想到你真能恭喜我一句。”

李风辞勾唇：“你既这么说了，那我偏要与你道这一句。”他跟着跳下台子，却没过去，只在最前排挑了个靠左的位置坐下。

李风辞朗声道：“沈轻舟，恭喜你，你自由了。”说完转头背对着他，“人会变，心也会变。或许这不是你如今所想要的，但若改不了争不着，能得到最初想要的，那也是个安慰不是？”

这句话比起说给沈轻舟，他更像是在说给自己听。

“别想什么时过境迁，你就当中间的一切都没发生过，就当你一直是最初的那个自己，就当自己一直想走。这样算来，你得到的，便是个圆满结局。”

沈轻舟被这些话弄得一愣，失笑道：“尽是歪理，这如何能当。”

“能的。”

李风辞坐在那儿，背对着他。

“等你的意愿再强烈些，你也可以做到自欺欺人，糊弄着自己把日子过下去。你现在觉得不能当，不过是你还醒着，可咱们这样的人，醒着是活不好的。”

醒着，便看什么都清楚，也看什么都难过。

李风辞坐在黑暗里，他闭着眼睛，背靠着椅背，并指给自己打着节奏：“今夕何夕溪水流，夜风急只有我和你，我和你患难难相依……”

沈轻舟听时兴的歌听得不多，但这首他也在收音机里听过，隐约记得最后的词儿是“患难相依”，唱出来也不是这么个调子。可李风辞唱得认真沉醉，嗓子都哑了，他也不好搅了李风辞的兴致，便听着了。

李风辞一遍遍地唱，声音一遍比一遍低。

末了，他站起来，整个人低落不已。

“你说，找个患难相依的人怎么就那么难？”

他似乎只是想问，却并不想找答案，问完就自己接上了：“不过本来也是这样，在哪儿都是。非亲非故的，你凭什么要求人家和你患难相依？”

说罢，李风辞拍了拍沈轻舟的肩膀。

“每回见你都要醒一醒，我真是不该来。”

沈轻舟低眼：“小孩儿在牙疼的时候，也会想起不该贪嘴。”

李风辞大笑，笑声在厅里回荡了几圈。

笑完他长叹一声，摇着折扇，阔步离开。

他说自己不喜欢道别，沈轻舟也没问过缘由，只记下他那一句，之后没再和他说过再见。

有些事情不需要问清楚。

这个世上，谁没有故事呢？

3.

北平的秋天过得很快，天气一日比一日凉，转眼街上就没有穿单衣的了。冬雨带寒了城市，冷风猎猎，沈轻舟捂了大氅，手却总是冰的，怎么都暖不起来。

这是沈轻舟过得最平静的三个月，最忙也不过就是去唱唱戏，下戏便是回家，什么都不必再做。不用调查许知远的哪个仇家又做了什么手脚，不需再担心自己做事时会不会动作不仔细暴露了什么，不必去做什么危险的事儿，只要好好休息，准备好第二天的戏便可。

他住的地方不大隔音，晚饭过后，能听见隔壁老头跟着收音机唱曲儿，能听见楼上的夫妻吵架，能听见街上车来车往人声喧哗。他在这儿住了十年上下，今天才发现，原来这栋房子，除了他家，

都有人味。

沈轻舟喜欢这些声音，这些声音让他觉得自己还活着。

其实，沈轻舟也不是完全不出门的，昨日晚间闻见饭菜香味，是烧鱼的味道，他记得翠妈烧鱼烧得最好，香嫩爽口，连里边切成丝的辣椒都好吃。

想到这里，他忽然饿了。那饿意从怀念里生出来，搅得他坐立不安，末了决定出去找家菜馆吃个鱼。

巧也不巧，刚走到菜馆门口，沈轻舟便碰见了金夙姗。金小姐没瞧见他，她只是一个人低头在吃饭，不晓得怎么，看着略有不快。

沈轻舟微顿，走进去，坐在了最角落的位置。

不一会儿，许知远从门口走进来，手上提着一些小玩意儿。

许知远说狠话擅长，哄人却没什么经验。但面对金夙姗，他总能发挥得好，兴许是拿心意换来的。感情这种东西即便藏着也能被感觉到，更何况他们是夫妻，他对她不用藏。

姑娘应当很喜欢这样被宠着的感觉吧？

沈轻舟看了好一会儿，看得眼前的鱼都冷了，外边也开始下起了雨。

半晌，他挑了一筷子鱼肉。

这家菜馆挺有名，做的东西也好吃，即便冷了也好吃。可沈轻

舟有些吃不下了。

他想起李风辞的话，觉得李风辞说得挺对。

像他们这样的人，醒着是活不好的。

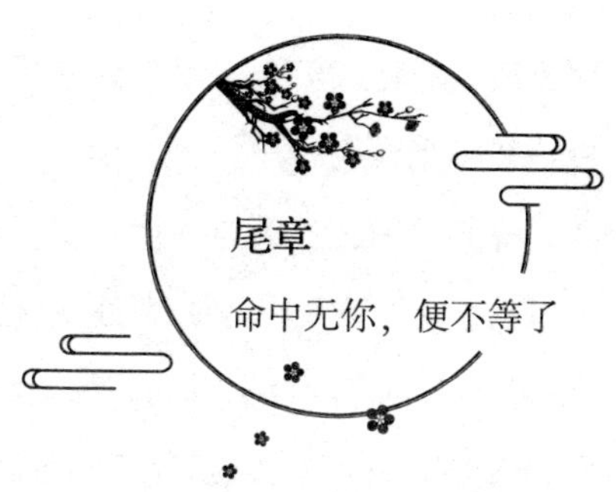

尾章

命中无你，便不等了

新婚期总是甜蜜异常，许知远在蘸糖的日子里过了几个月，再想起沈轻舟，还是因为谈生意。对方老板是个爽快人，吃完饭说时间还早，定的消遣地方是宏福戏院。

这年头都时兴看电影，听戏的人比以前少了很多，但今晚是沈轻舟的场，戏院里座无虚席。台下叫好声接连不断，听着那柔美婉转的唱腔，再去看那台上扮相精致的人，许知远忽然就明白了为什么在座那么多人为沈轻舟而来。

这小家伙什么时候长这么大了？

许知远第一次认真看他，心里冒出的居然是这么个想法。

他笑了笑，那老板推他的肩膀："你晓得最近的传言吗？"

“什么传言？”

老板冲着台上努努嘴，压低了声音:“就是沈老板和那个李风辞，你知道吧？啧啧，外边传得很凶啊……”

随着老板的讲述，许知远脸上的笑意一点点淡下来。

周围的看客热情激动，台上的人唱得依然动听，他却发起了呆，出神想到中秋时雅北楼里,沈轻舟问他觉得戏子和娼妓有什么差别?问他，难不成他真以为戏院会为了护着他们而开罪达官显赫。

“一霎时把七情俱已味尽，参透了辛酸处泪湿衣襟。我只道铁富贵一生享定，又谁知祸福事顷刻分明；想当年我也曾绮装衣锦，到今朝只落得破衣旧裙。这也是老天爷一番教训……”

戏台上，沈轻舟唱着新出的《锁麟囊》。

“他教我，收余恨、免娇嗔、且自新、改性情，休恋逝水，苦海回身，早悟兰因。”

上面打着光很亮，角儿是望不清看客的，但就在这一片光色里，沈轻舟瞧见了一个模糊的影子。从前没有光，他看不清许知远；如今光太亮，他还是看不清许知远。

沈轻舟缓步轻移，小心将人瞧着，那词儿不自觉带了几分颤意。

“……到如今见此囊莫非梦境，我怎敢把此事细追寻从头至尾仔细地说明。”

唱罢这句，他与许知远对视一眼。

那一眼里，许知远倏然就回到了雅北楼，眼前人切切地问他："便不是戏院，便是您。我跟着少爷十五年，可将我和李风辞一比，您还是知道该舍哪个，谁都知道该舍哪个。但被舍的那个，后果如何全凭运气，是死是活，谁在乎呢？"

许知远不常听戏，但也知道这一折里薛湘灵的故事，那是一个富贵时也保持着清醒的女人。她算得多，有回忆，有反省，也有能耐面对和接受变故。

那位老板在听至一半时便走了，说是还有事情，许知远却留了下来，这是他第一次完整地听沈轻舟唱一折戏。

在戏散之后，许知远坐了会儿，去了后台。他不晓得自己是要去做什么，不过好在以他同沈轻舟的关系，他即便不做什么，也是能去找沈轻舟的。

只是不巧，许知远刚到后台门口就看见了不小心磕着小腿的沈轻舟和扶着他的李风辞。他只看了这一眼，不晓得前因后果，而这一幕太暧昧，他明显误会了。

李风辞是权势滔天的大军阀，而他现在只是个商人，还是个沾着黑的商人。他在洗白自己，可许多从前的事情都还差着一点儿，没处理完。这种关键时候，他不该开罪这种大人物。

许知远是个聪明人，惯来都会选。可在对上沈轻舟的眼神时，

他不自觉想起了雅北楼，不自觉就想起了那句质问。

于是，在周围人异样的目光里，许知远拽着沈轻舟跑出了戏院。

在被拉着跑出戏院时，沈轻舟整个人都是呆愣的。

他只顾着眼前的人，只顾着跟上许知远的脚步，其余什么都不知道了。

其间，他呛了风，还被沙子迷了眼睛，他们跑了很久才停下。

街道边，许知远大口喘着气笑，他在沈轻舟开口之前轻轻说了一句："戏院不会，但我会，你别担心。"

这话说得没头没尾，可沈轻舟听懂了。

"对啊，你和他们不一样，和所有人都不一样。"沈轻舟跟着他笑。

这事儿是个乌龙，许知远带他跑这么一截也是误会，但许知远的心意和选择不假，他是真想护着沈轻舟的。

"其实方才不是您想的那样，那是个误会。"沈轻舟的心头涌上许多感慨，他因为自己的认知而眼酸，可感情浓烈到一定程度会耽误言辞，便如现在，他说出来的话干巴巴的，词不达意。

但努力半天，他好歹说清楚了。

"是这么回事？"许知远之前虽说冲动，但跑出来也确实后怕。

那可不是一般的人，那是李风辞啊。

"你与李……"许知远想起那些传闻，"你与李上将交情不错？"

“李上将和传言有些出入，他是个可堪为友的人。”

闻言，许知远不由得松了一口气。

比起传言，他还是更信沈轻舟一些。他从前说是只把沈轻舟当一把刀，但人毕竟是人，再怎么冷硬，也不是全然冷血的动物。

“如此便好。”

他看着小孩儿长大，看他变成现在模样，还是希望他能好的。

沈轻舟捕到许知远的表情，心头一喜，解释的话多出许多，他恨不得将自己和李风辞的交情全讲出来。只是话到口边又迟疑，他想见了另一桩。

“是啊，还好如此。”他说罢，犹豫了一会儿，“可是，可若事情真如您所想，那少爷为了个戏子闹这么一出……”

他想说少爷考虑过会如何吗，也想说这么做或许不值得，可话到嘴边滚几滚，他叹了口气，道的是声谢谢。

这声谢是从心底发出来的，不止为这一次，更是为这么多年。

“谢谢。”

“谢我什么？”

沈轻舟深深望着许知远，几句明白话几乎要说出来，可在他身后的街角来了一辆车。

现在是深夜，周围没什么光，唯独那车灯很亮，许知远被晃得

抬手挡了挡，无名指上的戒指在这一瞬反了光。那光银白银白的，来得强烈又突然，它刺进了沈轻舟的眼睛。

他轻呵了口气，白雾被风一吹就散了。

就在白气散去的同时，沈轻舟恢复了一贯的淡然样子。

“就谢许少爷义气吧。”

有些话，这辈子不过完不能说，还有些话，这辈子过完了都不能说。

“天也不早了，少爷该回去了吧？”沈轻舟微微笑着，“金小姐还在家等着少爷。”

许知远抬腕看一眼时间：“是，夙姗总要等我回到家才睡，现在是该回了。”

沈轻舟颔首：“少爷再会。”

许知远舔舔嘴唇，一下子也没了想说的话。

他转身便要走，走了几步，又回过头来。果不其然，沈轻舟还在原地。

只不过这次沈轻舟低着头，没有目送他。

停在沈轻舟身前不远处，许知远想到什么，叫了他一声。

沈轻舟恍然抬眼，有些意外似的：“少爷？”

“你上回给我讲的故事还欠着一个结局呢。”

“结局？”

“嗯，故事里的那个姑娘后来怎么样了？”

那是许知远陪着沈轻舟养伤时，沈轻舟胡乱编的，个中意思也只有他自己明白。

故事是俗套的故事，讲一个穷苦人家的姑娘，她出门时遇到了一个贵家公子。姑娘遇了麻烦，公子帮了她一把，那原是无心的，姑娘却由此芳心暗许，生生等了十几年。

他原先没想好结局，所以一直拖着不想说，现在却不一样了。

他说：“公子成亲了，姑娘晓得，去偷见了一面。那一面之后，姑娘就此放下。她回到家中，过起了自己的日子，少了执念苦想，日子过着倒也有滋有味。邻里知她心事的人里也有好奇的，想追问她和那公子一个结局。姑娘每次都是回同一句话,各人有各人的天地，不在同一处，强求也不来。”

夜风薄凉，少有星光，他们站在街角，墙面挡住了路灯。即便他们站得这么近，沈轻舟也仍是什么都看不清。说起来，他第一次见许知远就是在这样的夜里。

他笑了笑，在笑自己。

末了，沈轻舟开口，只说了一句话：

“她说，我命中无他，便不等了。”

卷二·风辞时
如果可以，
我希望上将能平安一生，
无病无灾，长命百岁。

第一章

她唱歌难听，他却记挂许久

1.

头顶悬着的灯光闪来闪去有些晃眼，舞池里摇摆着一对对男女，他们随着音乐慢悠悠贴近，耳畔脖间弥漫着的尽是暧昧。李风辞坐在沙发上环着手臂往那儿看，彩光映在他的轮廓上，将那原本深邃利落的线条染得柔和了些。

“先生一个人吗？”

裙摆摇曳的小姐烫了最时兴的大波浪头，她踩着细跟的高跟鞋，手上端了一杯酒，在凑近李风辞的时候留下好闻的味道。

李风辞挑眉，接酒的时候小指划过她的手背：“是。”

喧闹的乐声盖住他的声音，小姐只能看见他一个口型以及他上

挑的眼尾里蕴含的笑意。饶是她混惯了风月场，在看见他时，心跳也还是漏了几拍。

这实在是个好看的男人，她得邀他跳一曲。

可惜她还没来得及说话，就看见一个穿着军装的男人从另一边过来。军装男人避开她凑近李风辞耳边，也不知是说了什么，几乎是一瞬间，李风辞的脸上便没了笑意，取而代之的是冷冷的杀伐气，单是看着都叫人心惊。

略略沉默了会儿，李风辞轻勾嘴角挥手，军装男人见状，低了低头离开。

“酒很好喝。”正当小姐不晓得该怎么办的时候，李风辞站了起来。

他一饮而尽，牵了那小姐的手，笑了笑直视她的眼睛：“遇见你很高兴。”

李风辞有过很多情人，他也是个很懂风情的人。他从不会拒绝任何一位美丽女士的示好，毕竟欢乐是大部分男人都无法抵抗的。

只可惜今晚没时间。

那小姐懂事，笑吟吟地应了他。随后，李风辞收获了脸颊上的一个亲吻。他用食指碰了碰颊边，望一眼手指，又有意无意用它划过自己的嘴唇。

这是个轻佻的动作，像是登徒子吸引女人惯用的手段，由他做来却不然，不仅不下作，还平白多了几分危险的勾人味道。

李风辞凑近小姐的耳边：“希望我们还有再见的机会。”

欲望这种东西，从黑暗里生出，然后扎根，让人心甘情愿沉沦。小姐的耳朵有些红了，眼前人的言语举止都是恰到好处，不止不让人觉得逾越，还亲近得勾着人心里痒痒的，恨不得就这么跟他走了才好。

然而大多数懂得留情的男人都是无情的。

李风辞说完之后，再没管那小姐，径自走了出去。等小姐按下羞怯再抬头，眼前早就没了他的影子。

推开大都会的大门，李风辞驾车离开。

转了几个圈儿之后，他将车停在河道边，点了一根烟。

他一只手打开车窗，另一只手扯了扯衣领，夏日闷热，只有晚上的河畔还有些许凉意。

李风辞把手搭在车窗框上，都说月黑风高夜是最佳的杀人放火天，可今夜星月明亮，怎么看怎么清爽，那些人怎么就这么沉不住气呢？居然选今天。若再晚几天，可能他还会放松些警惕，也不至于叫他手上多添了这么多条人命。

他打量了一番四周。

现在刚过晚饭时间，街上的人还多得很，着旗袍和洋装的女人交错走着，戴着礼帽的男人看一眼手表，似乎是时间来不及，于是打了黄包车。歌舞厅的乐声放得很大，伴着行人的笑语传来，听在耳朵里很热闹。李风辞收回目光，掸了一下烟灰。

乱世里，家国如浮萍一样飘荡摇摆，上海却依旧灯红酒绿，目之所及到处都是欣欣向荣的景象。难怪那么多人都想迁来上海，这里的确比绝大多数地方都好，即便好得泛假，那也是好。

可即便是好，他也不想死在这儿，更不想死在那些小人手里。

2.

“今夕何夕，云淡星稀……”

这歌声来得突然，弄得李风辞一愣。

唱歌的是个姑娘，听声音应该年纪不大，每个字里都透着快活和恣意。她唱得实在不好，连她自己都听不下去，唱几句笑几句。偏生就是这样，听得李风辞嘴角一弯，竟是在这不成调的歌里放松了下来。

“今夕何夕，溪水流，夜风急，只有我和你，我和你患难相依……”

李风辞近日受邀来上海，虽说知道是鸿门宴，但明面上对方的情谊道理都摆得端正，他实在找不到推拒的借口。在他来到这儿的第一天，对方便请他去看了一部刚上映的电影权当娱乐。

若他没记错，这姑娘哼的歌儿便是那电影的插曲。

正想到这儿，对方唱破了个音。

李风辞没忍住笑了出来。

那姑娘似乎并不在意，顺着破掉的音还拖起了尾音，直把原本就不成样的曲子拉得更是无法入耳。

李风辞往外看去，可惜歌声传来的地方和他的目光中间隔了矮树枝叶，他什么都看不见。也就是在这时，歌声停了。

李风辞顿了顿，屈起手指在方向盘上敲了几下。不多时，那边再次传来声音，依旧是这首歌，调子却和先前那版不一样了。

他无声地笑了笑。

这姑娘竟是一次比一次唱得难听。

“我和你才逃出了黑暗，黑暗又紧紧地跟着你……”

在听到第三遍不一样的《今夕何夕》时，李风辞打开车门下去了。

他绕过矮树往声源处走，也不知是好奇还是一时兴起。他踩着疏淡的月光，肩上凉凉洒着的是星点孤影。河堤对岸有黑树几排，映在水里却泛起了光。姑娘唱得不好，偏生嗓子甜亮，情绪也感染人。这感觉他讲不清楚，只觉得听在耳朵里既矛盾又好笑，交错在一起还莫名生出了点吸引力，倒是特别。

李风辞一边走，一边跟着她唱起来。

姑娘听见这附和略显意外，她回头，衣袖挽在肘上，半湿的乌发垂在胸前，脚边放着一盆衣服，嫩生生的手里还拿着几个刚弄碎的皂角。

白露收残月，男人踩着天阶夜色走到她的面前。

他故意不看她，反而蹲在一旁同路边开得最好的那朵杜鹃花搭讪："小杜鹃，洗衣服怎么不用肥皂？"

姑娘的眼睛水灵，惊诧时尤其瞪得大："肥皂？"

"嗯。"李风辞这才转过脸，"那个不比皂角方便？"

她也不怕人，见李风辞不过来，自己把凳子往后拖了些："肥皂最便宜的都要两角钱，太贵了，还没香味。"她指一指杜鹃，"你瞧，它只有花瓣上的一点红，叶片上的一点绿，这小红小绿哪里值两角钱？"

指着杜鹃的那只手柔嫩细白，李风辞顺着手指看上去，先是看到一条纤瘦小臂，再往上便是对他笑着的一张脸。那脸颊上生着两个酒窝，左边的深一些，右边的稍浅，说话时一动一动，让人想戳一戳。

"不过呀，它们也不用自己洗衣服，真好。"

说完，她用手盛水往那儿浇，在扬手的过程中，有几滴溅在了李风辞的皮鞋上。小姑娘没注意，李风辞也没注意，他的注意力全

放在了她干净大方的笑容上，他细细看她，觉得这脸实在难得，穿一身破衣裳也能这么艳。

李风辞下意识道："你穿水红色的旗袍一定很好看。"

姑娘一愣："什么？"

"没什么。"李风辞笑了笑，"你叫什么名字？"

姑娘在围裙上擦擦手："我叫莺儿，你呢？"

"我叫李风辞。"

"李风辞？这个名字好熟，好像在哪儿听过。"莺儿想了半天，最终摇摇头，"算了，想不起来。"

"唔，这么说起来，莺儿这个名字，我也觉得在哪儿听过。"李风辞学着她的样子，最后却点点脑袋，"啊，想起来了。"

莺儿明显被他吸引了："什么？你听过，在哪儿？"

"在书上和戏文里。"

地面在莺儿拂水时被弄湿了一点儿，李风辞却毫不在意，径自坐了下来："在宝钗念出宝玉的玉石上那句'莫失莫忘，仙寿永昌'时，是她身边的莺儿提到，说她看二爷玉石上的话与她家姑娘项圈上的话是一对儿……"

"不离不弃，芳龄永继。"莺儿笑了笑，"你也看《红楼梦》？"

"小时候读的。"

莺儿有些羡慕，她拿湿乎乎的手撑脸："你读了书哪，真棒。

我不识字，只听过戏，还没听全。”

李风辞掏出手帕递给她：“你也想看书？”

“不用了，你这帕子一看就很贵。”莺儿把他的手推回去，拿衣袖往脸上擦了擦，“想看，可我看不懂，便算了。我呀，更想去把戏给听全。台上的角儿们演起来更好看，适合我这样没读过书却想看故事的人。”

李风辞把帕子塞在她手里：“有机会的。”

莺儿见推不掉，道完谢就拿帕子擦了脸。

清水粼粼，她擦完之后，拿起皂角开始洗帕子。

“对啊，我也觉得有机会，等我给钱太太洗完这盆衣服，我就能攒到一块了。”说话间，她的酒窝渐深，“我连一块钱都能攒到，以后也一定能攒出余钱去买一张戏票。我也得坐在有靠背的椅子上嗑着瓜子看一回戏。我还想吃糕点，想喝茶，我得是个客人。”

她盘腿坐在青石阶上，两条裤腿都被弄湿了，却也没管一管，只顾做着梦小声嘟囔：“躲躲藏藏在角落里，总能被找到赶出去，就算侥幸没被赶走，也要提心吊胆的，从开戏到落幕都在担心，连叫好都不敢，根本不能专心，也没法儿好好看戏。”

莺儿边洗手帕边碎碎念着，是心无城府的少女模样，说话时带着一堆小表情，藏不住半分心事。她的话很多，叽叽喳喳，小麻雀

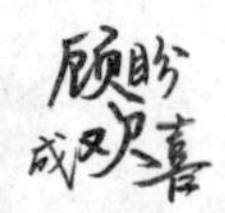

儿似的，只顾着自己讲得痛快，也不在乎有没有人回应。

“你一看就是富贵人家的少爷，这种感觉你不晓得的吧？”

一阵香味钻入鼻端。

他正看她看得出神，没料到她会忽然回头。

李风辞一个不备就望进了女孩清亮的眼眸。

看惯了纷杂繁复，再来看眼前的人，他不由得便想到一汪清泉。也是这时候，蹚过风沙的旅人才觉得渴，才觉得自己是该休息了。

莺儿见他出神，伸手朝他挥了挥手帕：“喏，洗好了，还给你。”

“谢谢。”

李风辞顺手接了过来，没有刻意去触碰她，只是自然地将手帕接过来。

他甩了甩帕子：“拧得挺干。”

“那当然，我力气很大的！”莺儿骄傲地扬起脸，鼻尖上落了点小水珠，她一抹就抹去了，“哎呀，时间不早啦，我也洗完了，再拖下去阿姐会担心的。我先回家了。”

她动作麻利地收拾了那一盆子衣服。

“李风辞，我记住你了！以后有机会再见呀。”

“你要去哪儿，我送你。”

“不用，不用。”莺儿单手抱着盆子，另一只手连连摆着，“我就住在那边，很近的。”

李风辞顺着她手指的方向望一眼，那是一条小巷，又深又黑，既老且旧，路灯都没有。

她年纪这么小，一个人走进去，不害怕吗？

他还没来得及问，莺儿便穿好了鞋。她走得很快，边走边回头和他挥手。

“真的不用我送你？”

“不了，谢谢你。我们这么有缘，一定会再见的，你要记得我呀！”

李风辞也不再纠结，只笑着挥手回应她：“好，我一定记得你！”

接着，他就这样看她小跑着消失在自己的视线里。等回到住处，他再想起这句话，才发现自己有多幼稚。

李风辞按着额角笑，偌大一个上海，连个联系方式都没有，她留给他的也只是个不知真假的名字，说什么他们有缘能再见，缘分这种东西哪那么靠得住？这样没依据的话，分开时他怎么还真相信了她。

不过能如何？分都分开了，他姑且信着吧。

那姑娘可爱又好看，若以后真再见不着，该有多可惜。

第二章

慕小姐，好久不见

1.

人间从没有真正的清静，但凡有块能落脚的地方就能生出是非。在是非之后，便是钩心斗角、权势角逐。

一夜过后，李风辞在次日下午就离开了。

离开之前他同邀他过来的人握手拥抱，亲密得像是相识许久的好友。即便他清楚对方曾派人来刺杀他，即便对方也晓得自己派出去的人没回来多半是被解决了，可那又怎么样呢？只要它们不暴露在明面上，就不会耽误他们做表面功夫。

在李风辞的轿车路过巷口时，月轮恰好接替了夕阳。

朝暮反复，再寻常不过。

在繁杂纷乱的当下，大家都忙着生活，没有几个人有闲心去看月亮。李风辞转头望向天际，余光捕捉到了一抹月色。可不过一秒，那光便被枝叶挡住，他却没有收回目光。

坐在一边的心腹随他回头：“上将在看什么呢？”

“看月亮。”

“月亮？”

燕斜风抻长了脖子，却只看见从小巷里长出的一棵树。那树枝繁叶茂，甭说是月亮，连点儿光都透不出来。

“行了。”李风辞看不下去，照着人脖子一拍，“就刚刚长出棵树来的那条巷子，你知道里边儿住了多少人吗？”

燕斜风捂着脖子：“巷子，上将问的是那条穷巷子吧？那可是滚地龙的大本营，里边住的人多了去了，都是些下三烂……您问这个做什么？”

李风辞沉默了一会儿：“那里边出来的人是不是很难找着活儿干？”

“上将这话说得，住里头的人谁出来干正经活儿啊？”燕斜风觉得这么说不君子，但事实摆在那儿，他也说不了别的。

略微犹豫了一会儿，他继续道：“虽说这么讲有些武断，但里边确实是男盗女娼的，没几个例外。对了，那里面的孩子若长大了，

男人还好，看清了现实多少能干些力气活儿，可里边的女人……嘶，上将又怎么了？”

捂住被猛打一拳的小腹，燕斜风疼得倒吸了口冷气。

李风辞环着手臂闭着眼：“废话太多。”

燕斜风嘟囔一句：“不是……”

李风辞扫过去一眼，他立马便不说话了。

车子路过桥上，那桥很老了，开得有些颠簸。

李风辞打开窗子，湿土混着海水扑上一阵腥苦的味道。

这味儿实在不招人喜欢，燕斜风原想忍着，可这桥实在是长。他捂着鼻子犹豫半晌：“上将，不如关上车窗吧？”

李风辞却发起呆来。

“上将？”

“总会有例外的。”

燕斜风没听懂：“例外？”

李风辞瞥他一眼，摇上车窗，不再说话。

2.

李风辞的地盘在东北。

当下内忧外患，前有沙俄，后有日本，浮动中党派争端不断，他在外人眼里是风光无限、割据一方的土皇帝，实际上也受各方掣肘，

处境没多乐观。

不过说是这么说，比起绝大多数人，他还是好过的。

又或者说，他唯一的那一点不好过，还是他自找的。

李风辞如今担的是上将，位置不低了，却也依旧受制于人，但这个“受制”谁都知道多虚。他有权有势有军队，有土地有实力得人心，只要他宣布一声东三省独立，没人能奈他何。若他哪天不情愿起来，没人能牵制得了他。

他却自始至终没这么说过。

人心隔肚皮，很多时候忠奸难辨。虽然明面上的实力好认，但没人能猜着这位传闻中的大军阀做的什么打算。所有人都清楚他手段铁血不好惹，尤其是辽东一战之后，“铁将军”这个名声彻底打响，许多人慕名而来，就为了投靠他。

一时间各路人才汇集于此，李风辞成了人人都畏惧的存在。

流言愈演愈烈，大家都说，他要反了。

偏也就是在这时，李风辞调动大半军队支援西北军区，自己则带军进入上海。

这个动作没几个人摸得透，稍稍清醒的人都觉得他蠢。乱世里谁都想多握住一些力量自保，他却主动分散了自己的势力。更何况上头在这时候调离他摆明了是因为忌惮，谁知道他离开东北会发生些什么？

李风辞却不管，仗着头铁命硬，竟真就这么来了。

眼下哪儿都蔓延着战火，哪儿都散着离人，上海却仍是灯红酒绿、车水马龙的繁华模样。

寒风萧萧，李风辞披了长风衣，戴着一顶黑色圆帽，像一个斯文绅士。

时间如逝水，算一算，他上一次来这儿，那还是三四年前的事儿。天边夕阳如烧，余晖下尘土飞扬，大抵是光太强了，连尘埃都好看，像是浮动着的碎星。

李风辞在一处被围起来的巷口前停下，想起来一些事情。

那里面像是被拆了在重建，除了沙土和修葺工具之外什么都没有。

李风辞正往里瞧着，身边忽然停下一位太太。

那太太话多热情，见他望得呆怔，便先开了口："你在看这里哦？这里头晦气的呀，前两年一把大火烧得厉害，早没东西可以看了。"

一把大火？两年前？

李风辞回头："烧了？那里面的人呢？"

"对的呀，那时候这里起了好大的火，没有人晓得是怎么搞的。"太太"哎呀呀"地可惜道，"里面的人哦，早就没有了呀。"

微尘落在李风辞的睫毛上，他轻一眨，那灰尘便被抖落下去。

李风辞愣了愣，好一会儿才问："没有了是什么意思？"

太太摆摆手："有些人搬走了，有些人烧死了。你要找人哦，那是很困难的。这里面都是下等人，傻的蠢的、没前途的，名字都瞎取的，好些人都没户口的呀。这个你问谁都没办法，没人晓得的。"

"怎么会没人晓得？"李风辞拧紧了眉头，"烧死那么多人，地方不管吗？"

"哎哟！可不敢多说，谁敢有什么'晓得'，谁敢管。"太太扯了扯他的袖子，左右看一眼，"这个地方是洪帮看中的，他们要盖楼的。先前说是调查，这巷子空了一年半没人管，但也没查出什么东西呀。大家都猜他们根本没查，只是在打点上下，弄这块地……不过猜是这么猜，那些人心狠手辣的咧，又和上面有关系，哪个敢多说哦。"她捂着嘴低声道，"你年纪还轻，不要惹祸事，是非要沾上身，那麻烦得很的。"

李风辞抿唇："谢谢。"

太太见他这样，又提醒一句："小伙子不要在这里站太久啊，那些人不讲道理的咧。还好他们今天休息，要是平时，好多人在这里修砌大楼的，你多看几眼都要被找麻烦的……"

夕阳落了下去，三年不见，上海的月亮都瘦成了弯弯一钩。

李风辞对那太太颔首，抬眼再次往小巷里深深一望，随后收回目光，往来处离开。

大多数时候，人和人的缘分就是这么薄、这么浅。

而遇见一个陌生人,与人搭上几句话,这也算不得什么稀奇事情，连提都不值多提。

谁都知道。

3.

说是有遗憾，但真论起来，李风辞和莺儿也不过就是一面之缘的两个陌生人。

他久处于风月场，再稀罕的美人儿也见过，早不是什么见人一面就给出真心的小少年了。

三年里，李风辞军务繁忙，欲望来时也有过些露水情缘。他从来不会憋着自己，对莺儿总共都没想起过几次，这一回记起来，还是因为正巧经过这条巷子。

等时间再久些，李风辞说不准就会忘记她。

可偏偏他们又遇见了。

乐声震耳欲聋，台上的舞女摇着羽毛扇露着大腿，彩光晃得人眼睛疼。座下的男人们喝着酒，无数双眼睛在女人们身上巡着，目光肆无忌惮。

一曲终了，领头的舞女被叫下来。她容貌出色，妆也精致，华贵大氅裹住了跳舞时穿的水红色旗袍，露出的皮肤仿佛冬日里的新雪，眼角眉梢都是魅人的风情。

落座之后，女人环顾一圈，目光只在李风辞的面上停留片刻便离开。

“各位爷好，不知方才的舞，各位爷看得尽不尽兴？”

李风辞微愣，直直将人盯着，像在对比什么。

可对比半晌，除了脑子发疼之外，他什么也没比出。那张脸很眼熟，那声音也耳熟，这个女人哪儿哪儿都能和他记忆里的人对上，却也什么都和曾经对不上。

李风辞比了许久，越比越觉得没办法将那个挽着衣袖洗衣服的小姑娘和眼前这个倚在男人肩膀上发嗲的娇嗔女子联系到一起。

是，他们又遇见了，却是在这样的地方。她给他的，还是这样的一面。

或许是李风辞的眼神太过直接，原先搂着她的男人暧昧地将人往这边一推。

“李先生喜欢？”到底是风月场所，没人会叫平日里的称谓，男人朝李风辞介绍，“这位是如今上海滩最当红的慕莺时小姐，许多人来这儿就是为了一睹慕小姐芳泽，米高美和百乐门都想着挖人

呢。”

慕莺时笑意盈盈：“哪那么好呀，是各位爷抬举了。”说完，她转向李风辞，“这位李先生可是第一次来？”

分明是混惯了场子的，偏偏听了她这句，李风辞却不知道该说什么。他只点点头，心里略有些发堵，不管她是故意不认他，还是真的不记得他都让他不开心。

“这位李先生可是贵客，你还不好好陪陪他？”

“我起先瞧李先生这周身贵气便觉得不是常人，可听陆爷这一句呀，李先生怕是比我想的地位还要高一些。这么说来，便是我不对，怠慢了贵客。”慕莺时巧笑倩兮，端起杯酒来，“这一杯，便算是莺儿的赔罪了。”

说罢，她举杯，遮唇缓缓饮下。喝完之后有酒水清亮地留在她的唇上，她眸中似含秋水，微微酒气之下，笑意更媚了些。

“还请李先生不要和莺儿一般见识。”

边上的男人暧昧地抚过她的腰身，她似娇似嗔瞥去一眼，半点儿不情愿的样子都没有。

也许她只是曾经和他说过话的陌生人，但在李风辞的感觉里，她是不一样的，也不该和那些女人一样，出卖自己的皮肉，做些这样的生意。

李风辞握了握拳，又张开手，片刻后勾出一抹笑。他凑近她：“若我就要和你一般见识呢？”他的语气暧昧，像是在和人调情，话里却隐约含着几分火气。

“这样吧，若你把这一瓶酒都喝了，我就不计较了。”

李风辞指了下桌上摆着的人头马，那酒很烈，再强的壮汉也喝不了一整瓶。

他眼睛里的恶意太明显，慕莺时下意识错开目光，她佯装未察觉：“我若喝了，李先生就能开心些？”

“自然。”

面对李风辞的为难，慕莺时没有半分迟疑。她拿过人头马，另一只手在玻璃瓶身上轻轻滑过，是逢迎惯了的诱人姿态。

慕莺时轻轻一笑，抬起酒瓶便开始喝。

座上的男人见状拍手叫好，个个看得兴高采烈，唯独李风辞的心头涌上一股无名火。他也说不上来为什么，可他就是觉得生气。

她怎么把自己糟蹋成了这个样子？

“够了。”在酒还剩半瓶的时候，李风辞握住她的手拿回酒瓶。他低头看一眼，瓶口还留着她的口红印。

慕莺时眼圈通红，在被夺过酒瓶的时候还被呛得咳了几下，却仍撑着和他微笑眨眼：“李先生真体贴。”

李风辞呵一声：“慕小姐酒量够好的。”

说完，他对着酒瓶便灌了一口。

冰冷辛辣的酒水流过他的喉管，烈火一样烧下去。

李风辞只喝了一口便放下了酒瓶，也不晓得她那半瓶是怎么灌进肚子里的。

这不过是个小插曲，在此之后，李风辞便再没有和慕莺时说话。

接下来的半场，他似乎对慕莺时失去了兴趣，始终只盯着台上的舞女，甚至在新上来人之后，还点名要了一个。在男人们眼里，李风辞半点儿没变，爱好享乐，爱好美人，他仍是那个李风辞，甜言蜜语张口就来，温香软玉也不推拒，但那都是面上的。

实际上，接下来的时间，他总忍不住关注慕莺时。

在听见搂着她的男人说的下流话时，他都听得皱眉，她却乖顺地倚在对方怀里娇笑，时不时还应和几句，惹得周围的男人笑意连连，兴致也越发高涨。

她笑得风情万种，眉眼间都带着小钩子，抓人得很。和她比起来，谁都显得逊色。李风辞心下一紧，忽然就厌了怀里的女人。

他将人稍稍推开，单手扯了扯衣领，闭上眼用手给自己扇风。

这舞厅里面，真是怪闷的。

“李先生是热了？”那边的慕莺时正巧回头，“要不要吃些瓜果？”

舞厅里灯光昏暗，李风辞睁眼，模模糊糊像是看见了几年前那张脸。

——我们这么有缘，一定会再见的，你要记得我呀！

他低笑一声，没有理她，倒是拍了下搂住她的男人的肩膀。

“我有些疲，先回去了。”

男人闻言起身送他：“李先生可尽兴了？”

李风辞张了张嘴，最终意有所指似的望向慕莺时。

他挑眉：“陆爷这样厚待，我自然是尽兴。但如果陆爷能割爱，让我今夜带走慕小姐，或许能更尽兴。”

4.

上海的路面修得好，车开起来不颠簸。可慕莺时坐在后座还是觉得不舒服，胃里一个劲儿地翻，像是有团火在烧一样。她一下一下地抚着胸口给自己顺气，好不容易好些了，却不料李风辞一个急刹车——

“唔！”

慕莺时飞快地捂住嘴，生怕自己会吐出来。

李风辞通过后视镜瞟了她一眼：“晕车还是喝太多了？”

“都有。”慕莺时闭着眼，脸色惨白。

闻言，他开慢了些。

随着时节入冬，这夜里也越发冷了。但慕莺时开着窗户靠在那儿吹冷风，吹得本就不好的脸色更加难看起来。

“你刚刚喝了那么多酒，还是不要吹风的好，免得第二天头疼。”

慕莺时笑了笑：“现在我的脑子已经疼得要炸开了，这凉风吹着还能稍微好受些。您看，眼下这么难受，好不容易有东西能缓解，谁还管什么明天。”

这话说出来带着酒气，醉话一般，听在李风辞耳朵里却别有深意。

他想凝神开车，但一想到她就坐在他身后，便总忍不住想些有的没的。

“你怎么会去……”

这话李风辞没想问，是它自己从他嘴里溜出来的，他说到一半就收了声。

慕莺时睁开微红的眼，斜斜看向握着方向盘的李风辞：“嗯？”

李风辞抿了抿唇：“我说，回去的路上你怎么不唱歌了？”

慕莺时一愣：“上将想听我唱歌？”

李风辞点点头，惹得后座的人一阵轻笑。

“上将的喜好真是别致，旁人听我唱歌，都叫我闭嘴，您倒还惦记上了……唔！”

李风辞这一脚刹车踩得比方才还突然，慕莺时差点儿没忍住都吐了。她脑子里那团糨糊熬得更稠了些，几句责问就要出口，却在

瞬间换成了笑。

“多谢上将好意，但我坐不惯车，不如我自己走回去吧。”

李风辞欲言又止，最终点点头，下车为她开门。

慕莺时被晚风一吹，整个人清醒了些，倒是比坐在车上舒服。可李风辞却没有坐回去。

“上将？”

“我陪你走走。”

慕莺时按了按额角：“还是不麻烦……”

“不麻烦。”李风辞回得斩钉截铁，“正巧我也不想开车了，停在这儿也方便。你家住哪儿？”

“我住的地方离这儿很远。”慕莺时低头看着脚下，“上将方才开反了。”

李风辞微顿：“怎么不早说？”

“我上车时就说了，但不晓得上将那会儿在想什么，应一声就往另一边开。和着之前上将与陆爷说的那句话，我还以为您是要带我去什么地方。”她眨眨眼，“原来是我会错意了。”

月光莹莹似雪，细密地铺在她的发上。

李风辞这才反应过来，上车时自己尚在生气，倒是没注意慕莺时说了一些什么，握着方向盘下意识便往自己的住处开。一路上没

听她说话，他还以为是顺路。

他停下脚步，转身就往另一边走。

“上将？”

“不是走反了吗？说好的，送你回去。”

慕莺时叹一口气,心道谁和你说好了,我讲的明明是我自己回去。

“怎么不走？”李风辞与她对视，“上一次你说离得近，不需要我送；这回这么远，总该需要了。”

上一次？

“对了，你叫我上将？你知道我是谁？”

慕莺时的眼尾带了一抹被酒意染上的旖旎红色，她先是一顿，很快又笑开了。

“我认字是跟着报纸认的。”

“你在上边看见我了？”李风辞皱了皱眉，“报纸上都写了我些什么？”

他竟没有看过？慕莺时觉得稀奇，眉眼弯弯道：“都是好话，是上将立过的战功。”

他年纪轻轻却战功显赫，是靠能力拿到的上将军衔。莺儿原先道李风辞这个名字耳熟不是假的,现下世道里,没有几个人不知道他。只是那时她没想过自己能和这么个大人物打上交道才一时没反应过来。

李风辞扯了扯嘴角：“也是难为他们了，想写的不敢写，想发的不敢发，还要说我的好话。”说完，他才发觉她还停在原地，他挑眉，“怎么还不走？”

“走不动了。”

这话听着敷衍，却不是句假话。

慕莺时的酒量一般，虽然平时推不过也会喝一些，但也没像今天这样喝过，几种酒混着猛灌下去，从舞厅到这儿她都是强撑着的。先前在车里还好，她还带着些意念，想着不能吐出来。可现在下车不过刚放松些，酒意便涌上头来，有雾气遮住她的眼睛，搅得她连眼前这么近的人都看不清。

慕莺时甩甩头，又走近他几步。

她的眼里有迷茫，有无奈，末了叹一口气，白雾扑在了他胸前的衣服上。

“在叹什么？”他问。

“叹一些事。”

李风辞为她掸了掸肩上的灰：“不能说？”

她定定看他一眼：“不能说。”

“那就算了。”

慕莺时笑着低眼，把自己所有的心绪都藏在黑暗里。

不一会儿，她整理好自己。在抬头的时候，她拉住他的衣服踮脚凑上去，水润的唇贴在他的下巴上：“上将，您住哪儿？”

李风辞面色淡然，手却扶住了她的腰，将她整个人拉得贴在自己身上。随后，他低头，碰上她的嘴唇。

“就在附近。”

他与她做着接吻的动作，却只聊天似的同她说话，唇齿之间没有半分纠缠的意思。

慕莺时有些拿不准他。

她又凑上去一些，想了想，又在他的唇上舔了一下，这回她明显感觉到了他的呼吸有片刻的停滞。

慕莺时笑得惑人：“现在夜黑风高的，我住的地方路远地偏，再过去也不方便。上将不妨带我回去，也省得多走这么多路不是？”

“你都是这么勾引男人的？”

他的声音有点儿冷，呼吸间全是她的味道。

慕莺时对情绪敏感，闻声错开脸来，举重若轻：“上将误会我了。”

“误会？”

李风辞似是对她的离开不满，他揽住她腰的那只手更用力了些，几乎是将人箍紧在了自己的怀里。慕莺时明显不适，刚想说什么，就被另一只手按住了后脑，紧接着承受了一个迫人又可怕的吻。

像是被惹怒了，没有一丝温情，他给她的吻里含有带着硝烟的

怒意。她不知道他的怒气是哪儿来的，她抽空转了转脑子，觉得总不可能是因为自己的改变，毕竟谁不会变呢？

“唔……”

李风辞咬住她的下唇，两人同时尝到了血的味道。慕莺时皱紧眉头，觉得又痛又麻还喘不过气。她想推开他，但身前的人在察觉到这个想法之后把人抱得更紧了。他的手臂和铁链一样，绕着她不停收紧。她的胃里一阵翻搅，她睁眼，只觉得天旋地转，危急关头也不知哪儿来的野力气，竟真把他推开了。

推开之后，顾不得李风辞的反应，她蹲到路边就开始吐。

先前一直忍着，不希望在他面前这么失态，可慕莺时没想过会有这么个意外。吐完之后，她舒服了许多，只是与此同时，她想象了一下李风辞的反应。

刚刚接完吻就看见接吻对象吐得这么干脆，不论是谁，心情都不会好。

夜风凉凉地钻进她的后颈里，慕莺时打了个寒战，突然有点儿害怕回头。

“好些了吗？”

不料，身边伸来一只手。

“抱歉，刚才不该这么对你。”

李风辞递给她一块手帕，声音温柔得让她当场愣住。她以为他会发火，以为他的脾气会比之前更大一些，却没想过李风辞竟会和她道歉。

慕莺时不由自主地接过了手帕。

这帕子有些擦毛，边也微微卷了，看着显旧。

她认识这帕子。

他好像知道她在想什么，蹲在她的身边，他笑了笑："是你洗过的那块。"

说完之后，她的表情比先前更呆了点儿，李风辞看得不自觉地弯了嘴角。她的妆掉了一些，口红也花了，头发被风吹得凌乱，整个人都稚气了几分，不再是舞厅里整洁精致的美人。

可他喜欢看这样的她，仿佛和三年前的小姑娘重合起来。慕莺时抬起眼睛，水灵灵的，干净又明艳，带着些懵懂，和什么媚俗娇艳完全沾不上边。

慕莺时接过帕子，却没用它，倒是从包里掏出自己的手帕擦了擦嘴。擦完之后，她跟着他一同起身，将手帕又递回去。

"上将怎么没换一块？"

"我有几块轮着用，这次也是巧，带来的正好是它。"李风辞说，"或许是缘分吧，你当时说得没错，我们确实会再见。"

慕莺时浅浅一笑："是吗？"

他这句话没勾起她的怀念，倒像是按了个开关，先前还脆弱无辜的小姑娘抬眸间又换了魅人的笑意。

“既是缘分，上将不打算收留我一夜吗？”她的手指轻轻撩过他的衣领，眼角眉梢带着的都是风情，“您瞧，我们是熟人，这一夜我可以给您算便宜点儿。”

他们凑得很近，吐息间缠绕着从舞厅带出来的酒气和她身上残留的香水味。

现在时间不早了，也不晓得是哪家还在听收音机。那声音开得不大，但夜里太静，模模糊糊还是能听见个调子。

那家放的歌是《今夕何夕》。

李风辞听得清楚，慕莺时却没听见似的，只笑意盈盈地望着他。

晚灯风影里，李风辞与她对视许久，末了终于放弃了些什么，他握住她的手。

“好。”

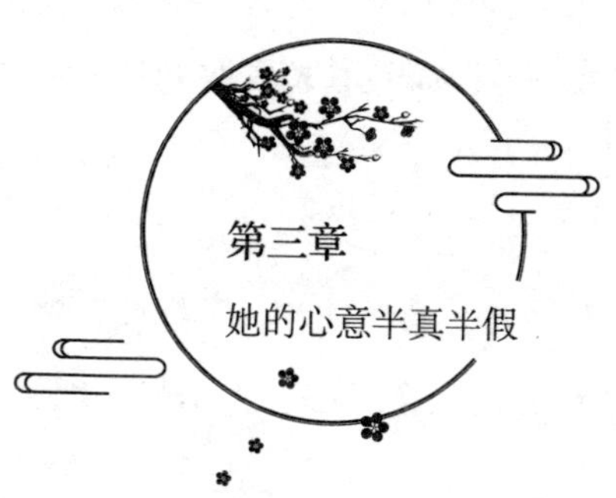

第三章

她的心意半真半假

1.

慕莺时是两年前出现在大都会的。

当时舞厅扩建，许多地方都在招人，最缺的就是盘靓条顺、知情晓趣的舞女。慕莺时身材高挑，脸蛋漂亮，在舞台上的身段极是勾人，难得的是脑子也不蠢，晓得怎么招人喜欢。于是，她甫一出来，便迅速成了上海滩最当红的舞女之一。

没过多久，混迹舞厅的人便都知道了“慕莺时”这个名字。

只是，男人们喜欢的女人，女人未必就喜欢，尤其还是这种地方出来的女人。几乎毫无例外，那些有钱人家的太太小姐在谈起慕莺时都是轻蔑的，总会谈起另外一些风尘。

可最近稀奇，她们讲起她的时候，口气变了几变，那话里除了惊讶，竟也带了些嫉妒。她们说，慕莺时真是撞了大运了，能跟李风辞。

舞厅里，李风辞揽着慕莺时的腰，手指放在那儿轻轻摩挲。大抵是因为做过了最亲密的事情，他每回和她在一起，便总会下意识地做些小动作。

打发走一个举着酒杯来套近乎的，李风辞将目光再度投向慕莺时。

“上将不想和那人说话？”

即便做了那些事，慕莺时对他的称呼依然生疏客套。他对此在意，却总觉得说出来就是自己输了，所以从来不讲，只是凑近她的耳朵舔了一下。

“这是个找乐子的地方，谁喜欢被那些东西打扰？”

“哦？”慕莺时歪歪头，“我还以为上将是不信我，才不愿当着我的面谈论公务。”

确实不信，她不可信，李风辞笑着喝了半杯酒：“又看上了什么东西？”

慕莺时娇笑着倚在他怀里，也不再继续之前的话题，手指拂过颈上细闪的项链：“我近日觉得指上空空，抬手时，总衬不住这链子。”

“自己去珠宝行挑，挑好了记我的名字就行。”

她凑过去吻上他的侧脸：“上将真是大方。”

正巧这时舞厅里放了一首动感的歌，慕莺时顺势站起来：“我也没什么好回报上将的，就给上将跳个舞吧。”

李风辞微笑松手，看她走上台去。

头顶的彩光循来，在场的每位男士都挽着自己的女伴，但大半的眼睛都还是落在了慕莺时的身上。男人的女伴们也不在意，在这种场合，女人不过是男人炫耀的玩意儿罢了。而她们也只当挣个外快，对于身侧的人没有多少感情。

聚光灯下，慕莺时艳光四射，美得迫人，颈上的银链投了细碎光芒在她锁骨上，把那一小片皮肤衬得更细白了起来。对上李风辞的目光，慕莺时偏头浅笑，明媚惑人。他忽然觉得，戒指之外，他也该再给她买一对耳环。

她衬得上全世界最华贵的珠宝。

可也就是在这时，燕斜风侧身过来，附在李风辞耳边说了些什么。

李风辞眉头一紧，什么话也没留下，便急急跟人走了。而慕莺时再回到无人的座位上，听大班讲他离开的时候，也没多少表示，只是笑着拿起外套说一声“知道了”。

他喜欢她，她跟着他，人前人后再怎么缱绻亲密又如何呢？终

究是一场皮肉生意。

等到哪天，他厌了倦了，招呼都不需要打，随时都可以走。是她要把他们的关系定成这样，如今一切如她所愿，她该开心才是。

慕莺时又坐了会儿，在拒绝了几个男人搭讪之后，自己离开了。

说是离开也不准确，实际上她只是走到舞厅后门就被人截住。

那个男人的下巴上留着一小撮胡子，面容冷厉，看起来不好招惹。但在看见他时，慕莺时只一顿便跟着他的脚步离开，直到进了一间地下室。

地下室里灯光昏暗，潮气和烟味混在一起，浓得呛人。

眼前的人刚刚停步就转过身，与此同时慕莺时回身锁门。她的动作干脆，心却一沉，好不容易攒了一抹笑，还没来得及展开就被一巴掌扇了回去。男人的力气很大，那一巴掌打得她几乎没站住，整个人往后一倒，腰磕在门闩上，疼得她眼前一黑。

慕莺时刚咬牙将痛呼咽下去，下一秒就被钳住了下巴。

“你没给他下药。”男人嘴里的烟酒臭气毫不留情地喷在她的脸上。

“他不信我，我没找到机会。唯一找到的那次，我下了药，他不知为何没中招，怕还是在防我。”慕莺时讨好地笑着，“您也知道，李风辞为人谨慎，对谁都防备，没几个人能进去他的圈子。”

男人打量她一眼。

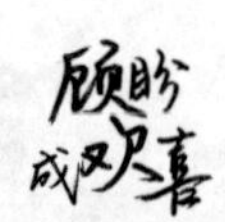

“上次在他家装的那个监听器也出了故障。”他甩开她，在她的外套上擦了擦手，“我说，他是不是发现你做的事了？”

“虽然他不信我，但我想我未必就暴露了。李风辞心高气傲，对于出卖背叛他的人从不手软。若他真有证据，我恐怕也活不到现在。”

男人嗤了声，打量她的眼神也变得不友好起来：“那可未必，你和别人可不一样，你这样的美人，再冷硬的男人也不舍得动手。”

慕莺时撑着门站直。

她说：“李风辞可不是一般的男人。”

男人瞟她几眼，冷笑了声。

“上一次就算了。”他拿出个小盒子，“可若这次再不成，后果如何，你应该知道。”

慕莺时眼神闪烁，接过盒子的动作却是半点犹豫都没有。

那盒子很小，圆圆的，也就一个半熟的荔枝那么大。打开来，里边是深黑色的膏体，凑近能闻到浅浅的香气。

“你可小心着，这东西不能多闻。”男人跷着二郎腿看着慕莺时，她那副想问又不敢问的样子明显取悦了他。

男人指着盒子：“好东西，芙蓉膏。”

慕莺时只觉得大脑“嗡”的一声炸了。

“他不是抽烟吗？每次挑上那么一点儿这东西，不用多，只要指甲尖这么一点儿。”男人比了比，“掺在他的烟丝里。”

芙蓉膏比毒更厉害，一旦染上这玩意儿，除非是死，否则没人能戒掉。

他们是想彻底毁了李风辞。

慕莺时听得悚然，面上却云淡风轻，她笑着应道：“我知道了。”

男人越发愉悦起来。

“这东西难查，也没几个人会对烟有防备，你清楚我的意思。”他凑近她的耳边，“这玩意儿不好弄，你可给我仔细着点儿，若再有差错……”

地下室阴冷密闭，也不透气，这里的一切都是冷的，就连屋子中间摆着的那张桌子都带有擦不去的血迹，叫人觉得压抑。只顶上一盏灯还在闪动，给这个空间带来几点没多少增色的亮光。

再转向男人时，慕莺时的脸上盈满了笑意：“您放心，我明白。”

也不知是从哪个角落，进来了一只飞蛾，从灯亮到现在，它一直往那儿扑着。

而她低下眼睛，轻轻抚过盒子：“我不会让您失望。”

2.

李风辞在上海不过暂住，住的地方却比哪里都豪华，吊顶的水

晶灯、镶了金边的大理石桌面，现在虽是夜里，可从这儿往里屋看，一片亮亮堂堂。若不是搭上了李风辞，她几辈子都住不了这样的屋子。

慕莺时裹着浴袍窝在沙发上，她玩着自己的一缕头发，听着浴室里传来的水声，整个人显得有些心不在焉。

这屋子里总共有四间房，每间的门都敞开着，抽屉没一个上了锁，而他惯常用的烟丝就摆在桌上，还叫她替他卷。

慕莺时不知李风辞是不是对所有女伴都这样，她因此总想和他说些什么，但又觉得，只要自己提醒他，有些东西就会变。

更何况，李风辞这样一个难看透的人，谁能猜到他想的是什么呢？他的不信像信，信像不信，她根本猜不到他的意思，只希望他最好不信自己。她更希望他是在考验她，这样，她就可以顺理成章地不通过，顺理成章地失去他的真心对待。

他若记得防她，就能安全一些。

将他抽屉里的文件一一拍下，慕莺时又细心地将它们摆回原处。

她低头，看向地上的一根头发。那是开抽屉时候弄掉的，它原先半夹在抽屉的缝隙里，像是一个信号，寻常很难注意得到。

慕莺时盯了它一会儿，最终也没把它捡起来，只将相机收进包里就走向浴室门口。

她倚在门框上："上将洗了好久。"

里面的水声停了，男人一把拉开了门，白雾漫出，和他的拥抱

一起扑了她满怀。

“这么点儿时间都忍不住？”

她点着手指在他胸口画圈：“上将觉得短暂，莺儿却感觉漫长得很，”她抬起一双雾蒙蒙的眼睛，“也想念得很。”

李风辞裸着上身，他刚刚冲完澡，身上还没擦干，这一抱弄得慕莺时身上都是水。

浴室里的热气蔓到了两人身上，暧昧也开始升温。

慕莺时的嘴唇殷红水润，他轻笑，很快低头吻住那片香软。

他的吻总带着攻击性，尤其对象是她的时候，更像是在发泄些什么。每一次吻毕，她的唇上都会带上细小的伤口，是他咬破的。她也半撒娇地提过一次，说他不懂怜香惜玉，那时他深深望她一眼：“你想我怜惜你？若你真那么想，一开始便不会……”

慕莺时仿佛半点深意没听出，娇软着身子缠上他打断道：“女人嘛，在一些事情上难免要说违心话……上将应当晓得。什么轻缓柔慢，说是这么说，不过呀，比起它们，我还是更爱上将征伐的模样，有一种血气方刚的男人味儿在里边，让人欲罢不能。”

李风辞听完，抱着她便往屋里走。

那次之后，慕莺时再没有说过相似的话，而李风辞也一次比一次更不在乎她的感受，连缠绵都像是惩罚，只顾自己，不顾她。

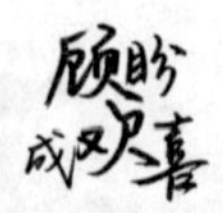

被推倒在沙发上，慕莺时的后脑撞到了扶手，磕得她一阵眼黑。李风辞动作急了些，见她这样也是一愣，可他张了张嘴，到底没问，只继续吻下去。

慕莺时也没有反抗，她温顺地环住他的脖子，眼睛轻轻闭着，对他是一副完全信任的模样，好像他是她最亲密的人。

李风辞离开了她的唇，撑着手在她肩膀两侧，就那么低着头看她。

慕莺时没想到他会忽然起身，她微喘着睁眼，眼底有雾气迷蒙，似有不解："怎么了？"

先前的躁动莫名歇了下去，对上她的视线，李风辞有那么片刻的恍惚。

他突兀道："我想听歌。"

"听歌？"慕莺时先是惊讶，接着便笑着起身。

她拉好松散的浴袍，遮住半露出的肩膀，走到收音机前边："上将要听哪个频道？"

"哪个频道都不听，"李风辞披起一件外套，"我要你唱给我听。"

"上将意兴阑珊，我还当是出了什么大事，叫您对我不感兴趣了。"她松了口气似的，"没想到，竟是因为这个。"

水晶吊灯最下边的坠子有些长，是一块多面切割的圆球。它将光折成好多面，星星点点映在她脸上，似乎她也是水晶的一部分。

李风辞也不说话，就那么看着她。

慕莺时见状，也就大大方方地坐到了他斜对面。她其实不愿再提过去，甚至不愿多想，可她知道他想听什么，于是，她唱了出来。

“今夕何夕，云淡星稀……”

这首歌出自一部电影，电影名有点儿意思，叫《人尽可夫》。当时她和阿姐好不容易溜进影院，觉得兴奋又刺激。影院里人多又黑，她们幸运，看完了一整部都没让人赶出来。

那是她们一起看完的唯一一部电影。

后来，两姐妹在家常常会哼起电影里的曲子。她们只听了那一遍，家里又没有收音机，也不记得具体曲调，就随便哼，但也哼得开心。只可惜，后来她阿姐在一场大火里被烧得面目全非，如今也只能靠一堆管子插在身上活着。

她当时有多喜欢这歌儿，现在就有多听不得。

“今夕何夕，溪水流，夜风急，只有我和你。”慕莺时唱着唱着，有些走神，“我和你患难难相依……”

“等一下。”

慕莺时难得有些呆滞：“怎么了？”

“若我没记错，那一处的词应是患难相依，但你唱的是难相依。”

可能是没想到李风辞听得这么认真，慕莺时微顿之后很快笑开，她坐进他的怀里：“我唱的歌我自己晓得，没一处的调子是对的。

曲子都不对了，还管词做什么？”

李风辞冷着脸道：“不吉利。”

慕莺时笑得更开心了：“上将竟会在乎这些？”她哄人哄得熟练，是在客人们身上练出来的，可也正因为这份熟练，显得不怎么真心，“上将是有福之人，身上战功累累，定能压住灾祸煞气。便是真有难，上将身边那么多人，哪会没一个可相依的？”

“那若是你，你愿与我相依？”

李风辞抱住她，吻上她的发，灯色里两人耳鬓厮磨，说什么都像是情人间的呢喃。

这种时候，什么情话都是不作数的。

慕莺时仰头吻住他，唇齿交缠间说出的句子不完整，但足够讨人喜欢。

“自然，莺儿整个人、整颗心都是上将的，恨不得这辈子都和上将相依在一起……”

她觉得这应当是他想听的，哪个男人都喜欢听这样的话，而他听完也确实把她抱得更紧了，紧得箍进怀里，弄得她骨头都疼。

若非原先那个轻柔的吻又疼起来，慕莺时还会以为自己想得没错。

今夜也不哓得是怎么了，她觉得他反常得很。

“你……”

李风辞在一吻之后喘了口气:“你知道吗?很多人都想要我死。”

慕莺时有那么片刻的僵硬:“上将说什么呢?”

“你想吗?”

时间在这一刻停住。

这句话来得太奇怪,除非他是知道了些什么。

被他抱在怀里,身上染着的是他的体温,慕莺时却觉得冷。也是直到现在,她才知道自己有多虚伪。说着不想害他,说着想他清明,可当他真有这迹象,她又开始恐慌,又开始害怕他真知道了。

“我自然不想。”她靠在他的肩上,“如果可以,我希望上将能平安一生,无病无灾,长命百岁。”

她说话总是真假参半,甚至大多都是假的,都是逢迎时的漂亮话。她清楚,李风辞也明白,因而也没指望这回他能信自己。可信不信,她都还是希望他能回她一句话,哪怕是不当一回事的调情的话。

但他就这么沉默着,直到书房里传出电话铃声,他放开她,进去接了电话。

李风辞接电话时关了门,说话声音也小,慕莺时听不见他说什么,便只看着门发呆。

李风辞这个电话接得有些久,她呆了半晌,看见桌上还摆着那烟丝,一顿之后便拿起烟纸来包了几根。她常给他卷烟,不管是在

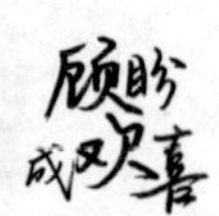

外面还是在家里。很多人都知道，那个给她命令的男人也正是因此才想出了芙蓉膏的主意。

夜里下了小雨，在半空中，有半数飘成了雪，从窗口看去，能看见细细的雪花。可当它们落在地上，又都化成了水。多麻烦，下来是雨，落地是雨，为什么要费劲结那么一会儿的小雪呢？

李风辞握着电话，松了口气一般："果然不出所料。"他说着，望向门口，仿佛透过那扇门看见了门外的人。

"上将，既然确定了慕莺时是那边派来的人，我们要不要……"

"要什么，杀了她？你长的什么脑子？"李风辞低下眼睛，"现在对她动手，无异于打草惊蛇，你是想给那边提个醒儿吗？"

电话那头的人被骂得一愣："对不住上将，是我没有考虑周全。"

李风辞深吸口气，正是这时，他看见地上掉落的那根头发。

这抽屉果然被打开过。

"行了，你继续查下去，等到时候再说。"

说完，他挂了电话。

他的身后有一个书柜，书柜里立着许多书，可他转头，看向的是玻璃柜门。玻璃的反光里清楚映着他的脸，那张脸上隐隐带着怒意。

李风辞觉得生气，可气着气着，他又笑了。这种把戏他见过不少，来人里，慕莺时并不是最高明的一个。

有什么可气的？他不是早就察觉到了吗？

李风辞这么对自己说，说完之后，他走了出去。

“打完电话了？”沙发上的女人歪着头对他笑，“要不要吃烟？”

他勾着嘴角走过去，一把将人抱了起来。

慕莺时低呼一声，双腿缠上他的腰，而李风辞就这么抱着她走回了卧室。

“这样好的晚上，吃什么烟？”

他伸手把灯关上，窗帘却半开着，借了外边路灯透进来的一点昏黄光亮，李风辞狠狠吻住慕莺时，欺身而上：“专心。”

她也不多问，只顺着这个当下，浅笑应他：“好。”

3.

次日清晨，李风辞在床上醒来，慕莺时早就不见了。

李风辞早在第一次将她带来的那天就说过，说这房子不留人过夜。当时他这话是因气她轻浮随口说的，她却记下了，每次过来，不论多晚、天气如何，一番旖旎过后都会离开，从未在这儿留宿。她对他的话总是很放在心上，若非身份，她应当是他最好的情人。

这张床很大，一个人躺着有些空。

李风辞隐约记得慕莺时是洗完澡走的，她进去时是凌晨，现在浴室里的热气早散去了。他从浴室走到客厅里，看见她卷的那几根烟，

只停了一会儿，就把它们扫进了垃圾桶，连带着她碰过的烟丝也都扫了进去。

她的烟卷得好，可他不敢抽。

沙发垫很软，铺在上边的垫布还是李风辞带着慕莺时去选的。那时他对她虽有怀疑，结果到底也没出来，他还愿意好好待她，不似如今，只想折腾她。

但也就是那日晚上，燕斜风过来给他报了个信儿，说在她身上查到了一些东西。

他虽有准备，可真听见这个消息，还是觉得脑子里哪根神经跳了跳，即便修整了一夜也没平静下来。那是一种什么样的情绪，他其实辨不清楚，说失望也不像，说气恼也不像，说被人背叛了，可她一开始就暗示过自己不愿同他当真心情人。

他纠结反复，通宵没睡，第二天见她却是休息得好，一副无事模样。他冷笑一声，忍不住地挑刺儿。从她的话，挑到她的人，再到她的言行，他自己都觉得自己说得过分，偏她一直忍着，对他巧笑迎合，像是一个完美的木雕娃娃，半点感情都没有。

兴许真是被她那副平和样子气狠了，李风辞没尝到报复的快感，便越加狠厉，一句话没过脑子就冲出来。

他说：“听说你以前住的那条小巷烧死了很多人？你倒是命大，

没死在那场火里。”

这句话之后，她的脸色终于变了变。

慕莺时挑眉，眼里带上了点儿攻击性，虽然她很快便掩下去，他却还是捕捉到了。

“上将知道那场火？那是一场野火，根本没有人管。您若不提，我还当这火只烧进了巷子，只烧进了我的眼睛，除此之外，都没出那条街。没想到它还烧得这么有名，连上将都听说了。”顿了顿，她又说，“不过它已经过去很久了。”

见她终于换了表情，李风辞有那么片刻的爽快。原来她也不是没有心肝，她也是能被话刺到的。可在此之后，他又有些不忍。

她倒是什么也不在乎，没多久又笑开：“谢谢上将帮我记起来。”

如果说那天之前他们中间还有些温和缱绻的感情在，在那之后，便什么也没有了。

没有人觉得奇怪，没有人发现他们的改变。即便是他的心腹燕斜风也只当他们一开始便是钱货两讫的艳情交易，只当他是因为被骗心情不佳，只当他是觉得身边留着一个眼线不好处理才会郁闷烦躁。

心思藏在心里，谁的都是，除非说出口，不然没人知道。

偶尔李风辞也会恍惚，不晓得自己在做什么，也不知慕莺时于他怎么就这么特别，一句话不说都能影响到他。他想，总不可能是他喜欢上她了。

总不可能，他喜欢上了这样的人。

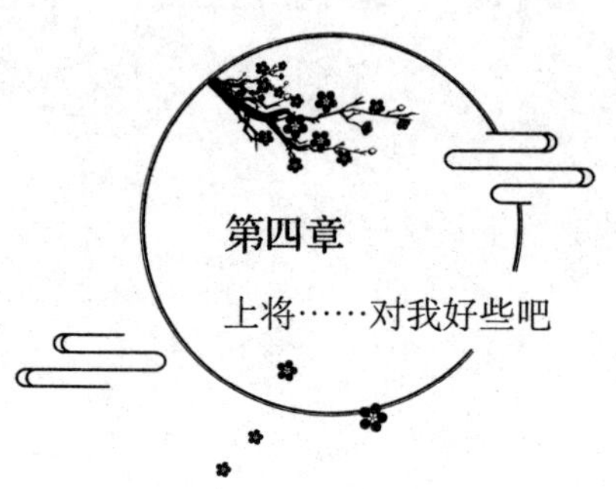

第四章

上将……对我好些吧

1.

郊外比市区要冷，即便是开春了，枝丫上的雪也都还没化。

当慕莺时从城郊的医院出来，她首先做的事便是裹紧了外套。

两年过去，多严重的伤都该好了，阿姐却还是没醒过来。慕莺时呵出口气暖了暖手。阿姐身上被火烧出来的痂早掉了，连那些疤痕都淡了些，人却始终昏迷着，甚至一日比一日的情况更坏。那些人不准医生和慕莺时说阿姐的情形，也渐渐不愿意让她多来医院，试图瞒住她。可她不是蠢人，真想打听，背着人去问那些个小护士也还是能问出来的。

慕莺时深深呼吸，清寒的空气从鼻腔进到肺里，她这一口气吸

得又冷又疼，鼻子一下红了。人间好苦，她明明只是想和阿姐一起活下去，只要一起好好活下去就行。这么简单的想法，怎么就这么难实现呢？

下巴上留着小胡须的男人站在不远处等慕莺时，他们每次放她来医院都很小心，生怕她会做出什么事情似的。可她能做什么？

两年前她不懂事时确实有过冲动的行为，可她在得到教训之后，便再没有过了。那些疼不是伤疤好了就能忘的，它们烙在她的心上，久而久之，听话办事几乎成了她的本能反应。

她如今乖顺得很，实在没什么可不放心。

男人冲慕莺时抬了抬下巴，她见状颔首，朝他走过去。

这边不比市区，路不好，很窄，也没什么房子，来人少得很。就是在这时，男人的下属拿来一份图纸给他。他正欲接过来，就被一个拉黄包车的给挂了一下衣角。在黄包车停下的同时，他的图纸掉在地上。

黄包车车夫是个老实巴交的中年男人，他察觉不对，赶紧停车捡起那些图纸。

“对不住，对不住，这位爷您没事儿吧？”车夫低着头反复拍着图纸，看起来紧张兮兮的，生怕自己弄脏了它。

因为低着头，车夫没看见那个男人放到后腰枪包上的手。

慕莺时知道那些图纸不简单，但绝对没有机密到不能暴露的地步，否则他们也不会在外边光明正大地拿出来。可那又如何？他们杀人从来不需要理由，又或者说，只要有可能存在一些小麻烦，便能够成为他们杀人的理由。

这桩闲事她本不想多管，可黄包车的车尾上挂了个手工的旧布娃娃。她知道那东西，从前她还住在小巷里的时候见过，有段时间手工布娃娃在孩子们中间很流行，他们说是学校老师教的，要做来送给父母。

她没有父母，当时却也跟风做过一个，送给了阿姐。如今那娃娃日日替她陪在阿姐床榻，虽然不像车后边那个每天日晒雨淋，但也旧了许多。

男人正欲掏出抢来，慕莺时来不及多想，连忙加快了脚步。

她一把从车夫手上夺过图纸，开口便是刻薄的语气：“没长眼睛吗？贵人的东西，你这不干净的手也碰得的？”说着，扬起一张盈盈笑脸将图纸交还给男人。

男人看出了她的小心思，接过图纸拍了几下她的脸：“还挺有眼色？”

慕莺时见男人没有再掏枪的打算，终于松了口气，转身却是声音尖锐：“你还在这儿站着做什么？真是乡巴佬，一点儿眼力见都

没有，也就是我们爷人好不同你计较，换了旁人，指不定你怎么死的！”

小路上，被羞辱了一番的黄包车车夫涨红了脸，拖着黄包车一路小跑着走了。

而慕莺时跟着男人上车，离开了医院。

当天晚上，她被锁在狭窄的地下室里。

男人举手落下便是一鞭，他抽得又狠又巧，皮肉上不见血，伤着的全是内里。背上被鞭子抽过的地方火辣辣的，慕莺时疼得发蒙。最近李风辞说自己军务繁忙，找她少了些。男人不是组织里的人物，只是被派来看着她的，他没啥本事，也不通情理，她怎么和他说都说不清楚。

男人本就暴躁，加之今日郊外她那一拦，这会儿更加不满了，一下问她是不是暴露了组织，一下说她该不会对李风辞动情了不忍动手。他边抽鞭子边骂，讲她成事不足败事有余，没脑子就算了，美人计都不会用。

慕莺时被打过很多次，起初还会哭闹求饶，现在也学会了咬牙忍着。左右没有用，还不如省点儿力气，对自己也好。

等男人发泄够了，放她回家，时间已经很晚了。

李风辞今天参加了一个会议讨论，说是讨论，但也就是需要他

坐在那儿接受一下“提点”罢了。他觉得好笑，却也还是配合了一天。好不容易结束，李风辞坐着黄包车从城东回家，远远就看见前边缓步走着的人影。

他招呼着车夫慢点儿走，一路跟在慕莺时的身后。

街边闪着彩光的招牌照亮了路面，霓虹灯五光十色，挨个儿晃过她身上。她就那么走着，拖着身后长长的影子，微微驼着背，像个老人，满身孤寂，和周围格格不入。

“这位先生。”

车夫在转弯处停下，车尾的布娃娃晃了一晃。他为难道：“这条街尽头就要转弯儿了，您是继续跟着那位小姐，还是照原路走？”

“先跟着吧。”

“欸。”

车夫慢慢拉着车，又走了一段路。

车夫频繁回头，次数多了，李风辞也就注意到了。

“怎么，是钱不够？”李风辞从包里多掏了张纸币，“辛苦您一趟。”

车夫连忙把钱推回去：“不是这个意思，先生，您先前给的够了。”

这是个再平常不过的中年男人，看着老实憨厚，此时却是犹豫半晌才咬牙开口：“先生，您是认识这位小姐？”

李风辞直觉他要讲些什么，一顿：“不认识，只觉得她长得好看，有些兴趣。”

“唉……”车夫摇头叹气。

“这小姐怎么了？”

车夫停了停，犹豫半晌，终于把白日里遇见的事情讲出来。

也不是不平，也没多少愤恨，他们这种人见这样的事见得多了。但这位先生真是好，不仅待人客气，还说看他深夜拉车不容易，多给了他钱。他实在不希望这样好的先生和那种趾高气扬的小姐扯上关系。

还有这种事？李风辞听完之后，讥诮地勾了嘴角：“多谢提醒，麻烦就在这儿停下吧。”

车夫微愣，连忙道歉：“先生，实在对不住，我的话太多了……”

“不，和你无关。只是我有位故友住在这儿，恰巧我见他屋子里的灯还亮着，想着干脆在他这儿借宿一夜，就不回去了。”

“欸，是是是。”车夫连忙把他放下来，“先生小心。”

李风辞应一声，下车之后，便看见车夫拉着车往来路返回了。

他不是不清楚慕莺时是什么样的人，可当他听见这个车夫这么说，还是有些不悦。可这不是那位车夫的问题。

他沉了口气，几步走到了慕莺时身后。

2.

这条街的路灯坏了几盏，路面很黑，慕莺时踩着积水，有泥巴溅在她的身上。可她浑然未觉，只环紧了手臂继续走着。

她装作若无其事，心里却很害怕——她听见有人在跟踪她。

慕莺时不敢回头，只听得身后的脚步声一步响过一步，她走得快些，那人也走得快；她慢一些，他也会放慢。她深吸口气，脑子飞速运转，这条路没什么人，可下个路口转个弯就是大马路，那边有歌舞厅，即便是深夜也有人在那儿。到了转弯处，她立马就跑。

她在心里规划了一遍逃跑的路线，眼看着就要走到路口，她的心揪得发紧，连呼吸都要停住，也就是在这个时候，身后的人忽然搭上她的肩膀——

两年来的经历让她失去了在害怕时尖叫的本能，她只觉得自己脑子里有根弦绷断了。她吓傻似的猛然回头，然后，她看见一张熟悉的脸。

是李风辞。

原先几乎提到头顶的一口气骤然松了下来。

慕莺时的声音都在发颤：“是你啊。”

“这么害怕？”李风辞玩味地笑，他搂过她的腰。

李风辞的力气很大，她后背上的鞭伤正疼，还没上药，此时被他拦腰一揽，她疼得不由得倒吸口气。

“都说不做亏心事不怕鬼敲门……怎么，你是做过多少亏心事，吓成这样？”他的声音很冷，还带些不屑，仿佛专门就是过来讽刺她几句。

慕莺时一时怔住，但也就是一时，她的反应很快，电光石火间想了许多东西。她想，他这几日避而不见，如今一见面便是这样冷言冷语，怕是她上回在他家里做的猜测是真的，他当真查清她了。

“什么亏心事，我听不明白。”慕莺时敛眉低头，她尝到心尖涌出的丝丝苦味，却不得不装得若无其事。

她钩上他的脖子，把脸埋在他的肩膀上：“夜深露重，街面又黑，莺儿只是害怕，幸好遇见了上将。”她窝在他的怀里，声音很闷，闷得像是在哭。

她咬着嘴唇，咬了很久，终究还是没有忍住。

慕莺时的声音微哑：“上将……对我好些吧。”

这句话实在逾越了，刚一说完，慕莺时便开始后悔，觉得自己不该说。

她的身子在发颤，声音听起来也脆弱。李风辞有那么一瞬间的动摇，他对她总是容易心软。然而动摇和心软还没持续多久，她便从他的怀里出来。

慕莺时生了一副好相貌，眉眼楚楚，只要稍稍蹙眉便让人忍不住想去怜惜。

“还没来得及问，上将这么晚在这儿做什么？”

这地方既小又偏，和他的住处离得远，怎么也不像是顺路经过，但李风辞仍然敷衍着找了个理由答她。

慕莺时也不拆穿，只是钩着他的衣领。

“说巧不巧，这条街呀，再走三栋楼就是我住的地方。”她笑着在他耳朵边吹气，好像先前那个吓得要哭出来的女孩子不是她，“上将要不要上去坐坐？”

她说要他对她好些，又不想要他真对她好。都说女人惯来矛盾，慕莺时这下才真正认可了这句话。她果真是矛盾，矛盾极了。

李风辞顺着她的动作凑了过去：“做什么？”他的语气仍不温柔，但比起先前的疏离冷淡还是好了一点儿。

“自然是上将想做什么就做什么。”

她贴上他的唇，借着那方寸的温度在暖自己，其实暖不多少，但对比起来，比先前要好太多。

在被李风辞抱上楼的时候，慕莺时乖巧地环在他的身上。她从下往上看他，而他在感觉到她目光的时候低了一下眼睛，顺势在她的额上轻吻。他没有说话，只是短促地笑了。也许是因为时间太短，看不清，她感觉到了几许温情。

她把一颗真心藏进风尘的笑里，在床榻上毫无保留地把自己给他。

其实早在最开始，她就不愿用这样的方式再见他，可惜很多东西都轮不到她来选择。寒夜凉薄，她贴近他取暖，当他俯身时，她轻喘着落了滴泪。

这天晚上，李风辞折腾了慕莺时很久，久得连他自己都累了，倒在床上睡得昏昏沉沉，连她起身都不知道。

夜里很凉，慕莺时从他的口袋里翻出烟和火柴。她的脸上犹有泪痕，表情却平静得很。她走到门口，想了想，又返回来从抽屉里摸出一个小盒子。

蹲在阳台上，慕莺时靠着墙剥开烟纸，拿指甲盖挑了点儿盒子里的膏体抹上去，又把烟纸卷好。然后，她点燃一根火柴，叼着烟凑过去。

这是她第一次吸烟，她怕呛着咳嗽会吵醒李风辞，于是抽得很小心、很慢。也许是天赋异禀，她很快就上手了。

烟雾里，她尝到了几分快乐，皱着的眉头也渐渐放松，整个人都飘忽起来。

怪不得说这是好东西，慕莺时涣散着眼神，痴痴笑了出来，真是个好东西，吸完之后，什么就都不记得了。真好，真是好得不能再好。

若能一辈子都这么晕乎地活着，那该有多好啊。

3.

枝头的嫩黄色叶片转眼就成了青翠一片，慕莺时穿着一件吊带裙趴在窗台上往外看，正巧看见一只落在树梢的小鸟儿。

“不加件衣服？”

身后，李风辞喝着水走过来。

慕莺时也不回头：“最近天气闷，这样穿着凉快。”

他停在她身后，双手撑在她腰侧，顺着她的目光看过去：“你喜欢那鸟儿？改天我送你一只来养。”

她把自己窝进他的怀里：“我不会养这东西，再说，它们长了翅膀，就该在外边飞着，被困在笼子里岂不是太委屈了。”

初夏的阳光从窗外照进来，打在她的身上。慕莺时的裙子是桑蝉丝的，很薄，上边流动着水样的光泽感。她的背露了一片出来，被浅金色的天光柔化过，越加显得瓷白细滑。李风辞眼眸一深，低头吻上她的脖颈。

“那你呢？”他边问，边吻着她侧脸。

慕莺时有些痒，缩了缩脖子，李风辞不满地拧了一下她的腰。

她只得忍下来：“我什么？”

“你委屈吗？”

那鸟儿有翅膀，无牵挂，本该生活在风里，她哪能比得上。

“我有什么可委屈的？”慕莺时转过身来，搂上他的腰，“能被上将养着，别说是笼子，就算是牢狱我也愿意。我能在里头生活一辈子。”

李风辞笑着衔住她的唇。

“我真是分不清楚，你什么时候和我说的是真的，什么时候是假的？”

他贴着她的唇，话音模模糊糊，她听得不分明，索性便不回应。不晓得是不是她这装没听见的样子惹到了他，原先还算温柔的吻忽然粗暴起来，他叼着她的嘴唇细细地咬，不一会儿唇齿间就有了血腥味道。

你分不清楚，怎么我就能吗？其实我也不能。

慕莺时被动地承受着那个吻，不舒服也不挣扎，反而还越发抱紧了他。

大多数时候，她都不知道自己和他说的是真是假，是为了讨他喜欢，还是终于找到了一个机会，想表白自己的心意，和他好好讲讲话？

可那些重要吗？不重要的。

正如他的那一句问话不能代表什么，就如今他们的关系而言，她的心意也不能随便与他剖白。

她是他的情人，不是他的爱人，只不过，比起他从前的那些情人，她稍微受宠一些。这个不好论轻重，也无必要轮轻重。慕莺时知道自己是目前唯一在他住处留下的女人，可万事一旦开了先例就不再珍贵了，她想她不会是最后一个。

是啊，也不记得是哪次，李风辞在深夜将她留了下来。

当时慕莺时穿戴完毕正想离开，可他看见窗外电闪雷鸣，犹豫片刻便跟着她下了床。之后，他靠在门边，鬼使神差地问她一句：“外边风大雨大，你回去还方便吗？”

慕莺时起先没留意，只继续穿鞋：“方便。”

没料到她这样回答，李风辞有些尴尬，咳了一声：“这样晚了，街上怕是也没有黄包车了。”

难得他会关心她一次，慕莺时亮着眼睛对他笑：“我带了伞。”

他自认已经说得足够明白，她没道理听不懂他的言外之意，但兴许是那一笑戳中了他心里哪个地方，他忽然就不想计较了。

他直接道：“不若你多留一夜吧。”

慕莺时原以为那不过是他一次恻隐的破例，不料，那夜之后，她竟就在这儿住了下来。从棉被绒裘到寒意消减，再到如今，算一算她住在这儿也有三四个月了。说来也许没人信，这个新年，她是和李风辞一起过的。

他们一同走在喧闹的街市上，一同挽手看烟火。他们在海边接吻，

他在街边买花送她，递给她之前，在花瓣上轻吻一下。然后他凑近她，小声道了句“新年快乐”。

这是慕莺时离开阿姐之后过过的最好的一个年。

她在这儿住了很久，李风辞也待她好了许多，他们就像是同居的恋人，她也慢慢熟悉了这房子里的每一处角落。只可惜，这房子她再觉得熟悉，可他不想让她看见的她还是找不到。他们住在一起，却是各自做着各自的事情，他从不会对她暴露自己的行踪。

这么说来，他们靠得虽近，也未必是真亲近，她至多不过是他闲暇之余的调剂。

慕莺时倚在墙上，低头就看见身上的痕迹。

“不是说好的不留印子吗？”

“没注意。”李风辞披上外套，“正巧最近温度不高，你要出门，穿那件三扣的旗袍便好。”他扣上袖口的扣子，“再说，你也不能看我好说话就特别对待不是？”

李风辞偶尔会翻旧账，比起不经意，更像是终于找着了能说这话的时机。

慕莺时知道他在说什么，那一次她被男人用鞭子抽了许久，身上的鞭痕还红肿着就带他回了家。他在脱下她衣服、看见那些痕迹的当下，整个人都呆住了。他当时情急，问她怎么回事，她本是有

机会同他诉委屈的。

但她怎么能呢？她于是抱紧他，抱怨似的说不是每位客人都和上将一般温柔，那种有奇怪癖好的人，多的是。

她永远记得李风辞当时的表情，有震惊，有怒意，他那样紧紧将她盯着，好像她是他的什么人，好像他是真的在乎她。所以，即便后来他把她弄得那么疼，她也觉得值得。

只是男人或许多多少少都有些领地意识，在那之后，李风辞就开始在她身上留记号了，怎么说都不听。

“上将说的也是。”慕莺时在镜子前边，拿粉扑在红痕上，试图遮上一些。

李风辞原本已经穿好鞋了，可看见她在脖子上涂粉，又走了回来："既然都说我说的是了，还在遮什么？"

“我现在同上将住在一起，若这样出去被人看见，岂不有损上将的英名？”

“那还真是多谢你为我着想。”李风辞轻嗤，手指拂过她脖子上的痕迹。

她皮肤本来就白，那印子他烙得深，红红的几个小点儿在上边醒目得很。虽然她涂了粉，那也不过就淡了些许，并没有被完全盖去，反而颇有点欲盖弥彰的意思。

这不是他第一次在她身上留印子了。

“你今天要出去见谁？”他轻咳一声，“以前怎么没见你这么遮掩。”

眼看粉盖不住，慕莺时在那边比着丝巾，想戴一条来挡住脖子。

“去见一个重要的人。”她笑着回头，“上将还不走吗？我瞧您十分钟前就在换鞋，再不出去，时间怕要来不及了。”

她这句话若放在平常也就是一句提醒，可放在这会儿，李风辞怎么听怎么不顺耳，好像她是在催他、疏远他，好像有什么他不愿承认的东西被她挑破了。

他觉得不快极了，偏生不好驳她，似乎反驳了就输了，就承认了那些被挑破的东西。

李风辞嗤一声，转身就走。那门几乎是摔上的，关门声响得连慕莺时都吓一跳。

他哪儿来这么大的火气？

挑好一条丝巾围在脖子上，慕莺时笑着摇头，心想李风辞真不愧是将军，征战沙场久了，连路过的都当是自己的，哪怕是对不喜欢的人，占有欲也这么强。

一切准备妥当之后，慕莺时搭了车去到医院。

那家医院很偏，在最开始，他们带她过去总是绕路，导致她完

全摸不着医院的具体位置。那会儿，除非是那些男人带她，否则她根本过不去。

后来她大概晓得了地方，可他们防她防得很严，也不知是因为什么，总不许她自己过去。直到现在，第三年了，她才能在没有看守的情况下好好去见一回阿姐。

这个机会是她用李风辞换来的。

她知道李风辞在利用她，他让她看到的东西要么半真半假，要么无关紧要，都是他故意放出来的。不过他很聪明，即便是假的也做得很有迷惑性。她装作不知道，用这种方式拿到了许多消息。组织那边即便接到了虚报也只当是李风辞狡猾，倒没多怀疑她，还以为她真是入了李风辞的眼，说什么英雄难过美人关，让她继续潜伏下去。

慕莺时也晓得，等将来哪天，她对那边失去了利用价值，自己这条命怕是便保不住了。可那又如何呢？她现在很好，不用挨打，不用再做别的，只要安安心心待在李风辞身边，闲着没事还能去看阿姐。未来太远，她够不着，有这么个当下就够了。

站在医院门口，慕莺时整理了一下仪容。

虽然阿姐睡了两三年，但她每次过来，都还是相信这次阿姐就会醒。若阿姐真醒过来，她希望阿姐看见自己是风光的。

慕莺时弯了眉眼，带着真心的笑容站在了她熟悉的那间病房的

门口。

只可惜她刚要推门就看见里面看护的护士慌张地跑出来。

“怎么回事？”她抓住护士问。

那护士着急：“你是病人家属？”

慕莺时连忙点头。

“这个病房的病人呼吸骤停，失去生命迹象了！”护士眉头紧皱，“你还拉着我做什么？松开松开！”说完，她甩开慕莺时的手就往医生办公室跑。

慕莺时呆愣愣地站在原地往里望，好半天才想起来冲进去。和以前的每一次一样，她看见阿姐就那么好端端地躺在那儿，睡着了似的，怎么会有意外呢？

接下来的一切就像是幕布上放映的哑声电影，慕莺时眼看着他们进行抢救，听见的却是嗡嗡的耳鸣声。她不顾一切地扑在阿姐身上，拉着那些医生的手不让他们离开，她不信阿姐真的没救了。阿姐的体温本来就偏低，她告诉每一个人，说阿姐现在这个温度是正常的，这不是死人的凉。

她哭得声嘶力竭，在医院闹了很久。她总觉得阿姐应该还有救，她总觉得再坚持一下就好了。可周围的人只让她节哀，她说了那么多话，医生护士却都不相信她。

慕莺时抱着那张白床单，手里紧紧抓着的是床头的一个小旧娃娃。她头发凌乱，衣裳也都皱了，整张脸连带着脖子都哭得通红，看起来凄惨狼狈。

有那么一个瞬间，她觉得这个世界上只剩下了她一个人。

除了自己，她什么也没有了。

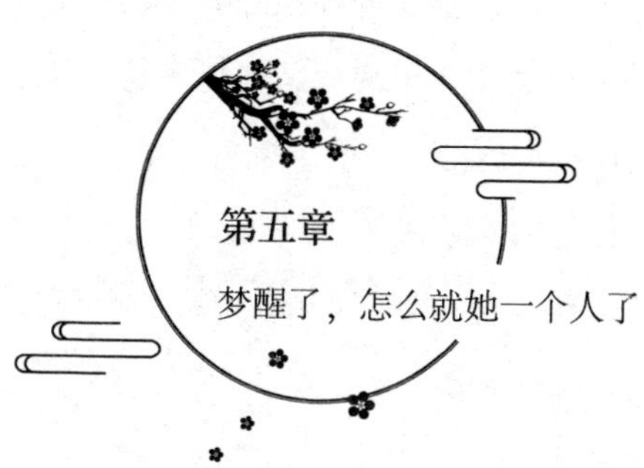

第五章

梦醒了，怎么就她一个人了

1.

李风辞不耐烦所谓的交际应酬，可他人在上海，势力却不在，就算不耐烦，有些局也还是要去参加。

从灯红酒绿里走出来，他散着步吹着风，忽然就想起来手下的小兵抱不平时讲的那句话。小兵问他准备什么时候回东北，总不能一直在这儿委屈自己不是？

李风辞笑着叹气。

他们还真当他那么自由，想来就来想走就走呢？外边说他割据一方，说他权势滔天，说他一句话就能分走东三省自立为王，说得有多玄乎，他倒是真没觉得自己有那样的手段。要他自己讲，他也

不过就是个带兵的，只想安安静静地守着自己要守的地方，护着那块地方上的人。他知道上边不放心，他能理解，所以他把自己送过来给他们看着，让他们放心。

可他们也实在是欺人太甚了。

先前李风辞以为自己这是最好的做法，然而在到了这个地方、见了那些人之后，他便开始琢磨，觉得自己这是不是做错了。

或许他不该抱有侥幸，不该以为是自己声望过大引来怀疑，不该觉得是自己的问题。他早该明白，上边待着的是那么一帮人，他们敌我不分、自私利己，为了一点儿蝇头小利，甚至可以里通外国，打击自己人。

李风辞冷笑一声。

他确实错了，他没想过他们能这么蠢，简直蠢到家。

他猛吸一口烟，含了会儿才吐出来，接着一掷，烟尾带着火星就那么飞出去。

李风辞正气着，也没注意人。他原是站在桥头想把烟头往水里扔，不料那风一吹，几点火星子就这么溅在了过桥的老大爷身上。

老大爷吓了一跳，甩着手往后退，正碰上桥边的人。与此同时，桥边被撞着的人手上一松，“扑通”一声，有东西掉进了河里。

慕莺时红着双眼，死死盯着河面。

那个娃娃在下午被她弄脏了，她出了医院，找了个地方把它洗干净。她没力气拧干它，只捧着湿乎乎滴着水的它失了神似的走。现在掉进河里，那娃娃一下就沉了底。

她恍惚一下，行尸走肉一般，翻过护栏就要跳下去。但周围人多，大家见她神态异常，直直把她拽了回来。

“小姑娘年纪轻轻别这么想不开……”

“就是啊。”远点的大姐苦口婆心，“什么事至于这么寻死觅活的？来，快过来点儿，那边多危险。”

挑着担子的大叔也停下来：“年轻人不要一有点挫折就轻生啊，这样哪成？”

慕莺时却一句话也不听。

这些人知道什么？

她狠狠甩手，癫狂地将所有人都甩开：“别碰我！”

甩完，她又要跳，可这次有一只手紧紧箍住她的腰，一把就将她扯回来。

“你干什么？”李风辞把她掼在地上，想按住她。

她却死命挣扎，对他又抓又挠，发出野兽一样的吼声。

“滚！”她一手在他脸上挠出几道血印子，“滚开！”

李风辞的火气也冒上来：“你发什么病呢？疯了吗？”

“发病？”

慕莺时重复一遍，忽然大声笑了出来，她笑得撕心裂肺，边笑边淌了满脸的泪。

“你有病啊，管我一个疯子！”

她从地上爬起来，指向之前的老大爷：“还有你！方才是你撞的我？是你撞的我？”

老大爷年纪不轻，被这一吓，整个人都慌起来：“我不是有意的，姑娘，我这……”

慕莺时也不晓得哪儿来的力气，她拽着老大爷就往桥边走：“你给我下去，下去！你去给我把娃娃捡回来！”

李风辞拦在她身前。

“慕莺时！”他吼道，“你为难一个老人家做什么？”

“滚开！”她用脚踢他，想把他弄走。可他总不走，就在那儿拦着她。

她瞪着一双充血的眼睛：“你给我滚开！”

她今天实在太反常，李风辞竟一时不知能说些什么，她要踢要打，他就站在那儿挨着。

“你……你到底怎么了？”他的声音软下来，抓着她手腕的动作却强硬，“莺儿？”

被这么一唤，慕莺时整个人顿了下，可一瞬过后，她的反应更

加激烈起来："你别这么叫我！"

她乱挥着手，力气大得吓人，竟挣开了李风辞的钳制。

"你……"

她的眼睛红得异常，喊着一些听不清的胡话正想再打几拳，却不料李风辞眼疾手快，当机立断地在她后颈处砍了一记手刀。一击之后，原先叫嚣着的女人就这么软软地倒在了他的怀里。

李风辞将人稳稳接住，这才发现怀里的人是怎样憔悴。

明明他们才分开不到一天，她怎么就变成了这样？

这是发生了什么事？

2.

慕莺时倒在床上，比起睡着，她更像是精力不济昏了过去。

她看起来很不安稳，眉间皱成"川"字，眼睫湿润，眼尾和鼻头都是红的。

李风辞坐在床边看她，看她一会儿呜咽出声，一会儿又强咬住嘴唇，即便是在梦中也隐忍着不敢发泄。他不由得心念一动，轻轻抚过她的眉间，可那儿皱得很紧，他怎么也抚不平。

就在这时，书房的电话铃声响了。

慕莺时本就被困在梦魇中，这会儿听见响动更加不安起来。李风辞俯身在她额间吻了一下，小声道："继续睡吧，好好休息，我

一会儿就来陪你，不要怕。”

说完便往书房走。

这句话实在厉害，慕莺时原先还在半梦半醒间挣扎，可就在李风辞话音落下之后，她奇异地平稳了下来。即便眉间依然有痕迹，那也比先前浅了许多。

火光幢幢，飞灰夹杂着火星落在慕莺时的衣服上，一步一步踏过回忆，她走在梦里。她不觉得这是梦，她深信这是时光的甬道，只要走过去，她就能回到三年前。

可这条路越走越烫，她几乎要走到烈火中间。

在最中心的地方有一个黑色的人影，那人身形纤细，手臂瘦得一折就能断。可那人的力气又那么大，一手就从火灾里推出了当年的她。

慕莺时看着自己跪在门前哭喊，看着屋里的人被烧成火球，看着那团火球拖着被横梁砸伤的腿跑出来，然后扑进对面的水沟里，保住了一口气。

她知道后面是怎么样的。

再接下来，她就会遇见那些人，被胁迫、被利诱，被他们恩威并施地逼着做自己不想做的事。起先她自作聪明，以为自己能与他们谈条件，可她失败了。后来她吸取教训，试图与他们再交流，她又失败了。

那些她不认同、不想干的事，他们有的是办法让她做。他们是深海，不需多费力气就能造出一个漩涡。而她溺入进去，看着是个活人，实际上早就死了。

但这次不一样。

慕莺时迷迷糊糊听见一个声音，有人叫她不要怕，说他会过来陪她。

周围的场景一变，她坐在街边的长椅上，周围人来人往，没有一个人注意到她。她觉得很迷茫，不晓得自己在这儿干吗。她顺着人流离开，转了一圈又走到原地。电车沿着轨道来去几回，最终停在她的面前。车上下来一个人，他温柔地抱住她。

“我回来了。”

床榻上，李风辞躺在慕莺时的身侧：“我回来了。”

他揽过她，为她擦掉梦里流出来的眼泪，一下一下轻缓地拍着她的背。

慕莺时不是多复杂的人，真想查她也没多困难，只不过先前他背后的那些人多有阻挠,而他也怕自己打草惊蛇,因而没有太多动作，只觉得自己知道她是来干什么的就可以了。可现在不同，他攻破了他们，也拿到了那边上上下下全部的资料。

既然有了决策，他也没打算再与他们虚与委蛇。

那些人见他在风口浪尖时来上海、配合上级动作，便以为他好拿捏，以为他畏惧人言，想用这种手段毁他，他们未免太小看他。

原计划近日收网，给他们一个教训，然后他便回东北，大不了就真的单干。他都想好了，那些人不值得多虑，他唯一犹豫的，是慕莺时。她是那边的人，他原想着直接放手，再不管她，但联系着两人在一起时的细节，他又有些怀疑，觉得她不是真心在为那边做事，所以多查了她的过往。

果不其然，他猜对了。

李风辞将慕莺时圈在怀里，依稀记得那个明眸善睐的小姑娘轻快地对他笑，说不用他送，她自己回家就好，她说家里阿姐还在等她。

“这几年你就是这么过来的？”

在圈子里混久了，李风辞不觉得自己多干净。可他晓得那些人驯人的手段，那是真脏、真狠，没几个人挨得住。那些挨不住的他们也不在乎，人命而已，还是下等人的人命，最不值钱，最后有个能用的就行了。

李风辞抱了慕莺时许久，久得慕莺时都有些恍惚。喧嚣散去，街上不知什么时候只剩下他们两个人，向来热闹的上海成了一座空城。

“你怎么这么看我？你看上去好像很心疼我。”

李风辞为她钩了被风吹乱的头发到耳后：“以后跟着我好吗？”

“跟着你？”

他分明就在她眼前，声音却像是从天边飘来的，又轻又远，叫她听不真切。

“我这样的人，怎么跟着你？”

慕莺时往声音传来的方向看，那边云层淡淡，透着清光，是太阳要出来的地方。

“你知道吗？”她忽然想起来很久以前的一桩事，“以前阿姐带我去道馆祈福时见过一位先生，先生算得我们命格不好，说我们生于水火亦将死于水火。我那时年纪小，不懂这话，只晓得它不大吉利，只晓得阿姐听完很生气。我其实没什么感觉，却也学着阿姐生气……早知道，我不该气，我该好好求他，看有没有一个解法。若有，多少钱我都要买。”

慕莺时神情呆滞。

“那可是我阿姐的命。”

在说出这话之后，她一愣，忽然意识到了什么。

分明那话是她自己说的，可她说完就哭出声，拉住他的衣袖，带着哭腔问他：“你叫我跟着你，是不是因为我阿姐走了？我阿姐是不是走了？她真的走了？”

眼前的人不说话，只缓缓拍着她的背，像是在安慰她。

“李风辞，是不是、是不是真的……”

她的梦呓先前模糊，唯独这一句叫他听得清楚。

但他根本不知道她问的是什么。

李风辞没有回答，只是取过手帕给她擦眼泪，然后一直抱着她。

直到天光破晓，直到她累得沉睡过去。

借着日光，李风辞望向怀里的人。

这段日子，他们那么亲密，做着最亲近的人才能做的事情，却从不交心。他总觉得这份关系有缺漏，有遗憾，因为那些都与她相关，所以他每每用折磨她的方式来补上这个口子，是报复，也是想撕破她的伪装，看一眼她有无真心。

不料现今真的撕破了，他却不想看见了。

“莺儿。”

他在她唇上轻吻，一触即分，比起往日啃噬一样的索取，这一回是真正的疼惜。

“以后跟着我吧，跟我回去，我们回东北。”他说，“不会再有人欺负你了。”

怀里的人不晓得听见没有。

她缩了缩身子，靠在他的怀里，紧紧抓着他的衣角，怎么也不愿意放开。

3.

月光皎皎，散星如珠。

慕莺时这几日嗜睡，即便醒来也多是混混沌沌发着呆。

李风辞让她安静了一天，第二天便和她摊了牌。他原本想多放她清静一会儿，只可惜时间有限，有些事情，既然决定要做，便该当机立断，不宜拖延，久则生变。

他直白干脆，将所有东西都说出来，但和他预料的不太一样，她很平静，情绪上半点起伏都没有。

其实慕莺时早知道他什么都清楚，也知道他顺势在利用自己。她毫不意外，也不想再装什么惊讶，她只是不太清楚他为什么要同自己说这个。

在她问完之后，李风辞凑近她：“因为我想和你打个商量。”

脑子里转着这个画面，慕莺时坐在窗台上，她吐出口烟，眼神有那么一瞬的迷散。这烟的味道很香，烟气很重，和寻常烟草不大一样。

她笑着将抽完的烟头丢下去。这东西太好太妙，她都不知道该怎么夸，掺一点点在烟纸里就能让人忘记烦忧。这世界上，没什么会比它更好了。

饮鸩止渴说来危险，但能得一时轻松也是好的。芙蓉膏说来千

毒万毒，却最适合她这种不想活的人。

慕莺时闭眼仰头，放任整个人瘫下去，她靠着墙坐下来，地板冰凉，恰好解了她的燥。

烟雾渐渐散去，她闭上眼，又看见李风辞的脸。

李风辞当时说完后不见她答话，没憋住，又问她："你怎么不问我是商量什么？"

"那好，上将想同我打什么商量？"

李风辞勾唇，满目自信："跟我回东北吧，我带你走。"

当时，慕莺时愣了会儿："上将在说什么？"

"我说我带你走，东北是我的地盘，在那儿谁都不敢把你怎么样。你可以好好过你想过的日子，忘掉这三年，重新开始。"李风辞站在沙发边，他弯着腰拨了拨她的头发，"你还是个小姑娘，实在没必要把自己活成形容枯槁的老人模样。到了那边，你从头来过，我们也从头来过，好不好？"

沉浸在芙蓉膏带来的愉悦感里，慕莺时没注意到自己被钉子划破的手臂。她的皮肤苍白，那道血痕留在上边便越发恐怖，越发让人心惊。

李风辞给她描述得那样美好，可惜，这份美好来得太晚，他也并不懂她。

不可否认，她听见他的描述，确实有过一瞬间的心动。

可她还没动多久，就被他牵住双手，听他问道：“莺儿，我不知道你以前是怎么过来的，也想不出你受了多少委屈，可以后再不会了。从前的事，你若不想提，我们就当没发生过；你若想说了，也可以同我说说，我总归陪着你。”

当没发生过？

怎么能当没发生过呢？

慕莺时抽出双手，垂了眼睫：“上将知道……就知道了吧。我那些事儿也没什么好说的，沾着泥巴带着灰，又旧又脏，实在不是什么好听的故事。”

李风辞闻声摆手，竟摆出了些无措的少年气。

可惜慕莺时没看他，只听见了他的声音。

他说：“我不是想听故事，我心疼你。”

心疼？若真心疼，为什么要戳她伤疤？慕莺时想，要么是心疼不够，要么是他不懂她。

绕来绕去，他还是不懂她。

仿佛站在花海里，她身无挂碍，轻轻一跃就可以飞起来。慕莺时忍不住想笑，她笑了许久，月光从她身后打过来，可她坐在墙下的阴影里，一点儿都没有沾上。她望着眼前的那块白光，把脚又往

后缩了缩，生怕自己碰脏了它。

“啪嗒！”

骤然间灯光大亮，慕莺时的眼睛被这突然亮起的光亮刺疼，可她没有捂眼睛的意识。她觉得这疼痛感很鲜明，很新鲜，让她很舒服。

李风辞从卧室里走出来，满是担心：“你在这儿做什么？”

这几天他一边忙着计划，一边顾着慕莺时，周旋辗转之间总是浅眠，或许是习惯使然，他总觉得身边该有她在，每回只有抱着她才能睡得好些。

“你受伤了？怎么回事？你等等，我去给你拿药来清……”

慕莺时眼神飘忽，开口是绵软的一声轻唤：“李风辞。”

这声音很是无力，像极了虚弱无助的小动物。李风辞没发现她的异常，只觉得她这么眼巴巴地看着自己，叫他忍不住想抱抱她。

他叹口气，蹲下身来：“怎么了？”

“你上回说，让我和你回东北，是不是真的呀？”

慕莺时的目光慢慢聚焦，她抱着膝盖坐在那儿，眼睛里只有一个他。

夜晚寂静，虫鸣声清晰可闻，李风辞想，那她也该能听见自己的心跳声。

他顿了顿，郑重地问道：“你愿意吗？”

她几乎是毫不迟疑地问：“好啊。”

“但我不和你一起走。”在李风辞说话之前，慕莺时站起身来，她踉跄了两步，“你给我准备一张火车票吧，就坐火车。我知道你回去会坐飞机，可我没坐过火车，我想试试。”

“那我们可以一起……”

“我晓得他们的一些计划，可我知道得不多。等我整理一下，全都给你，好不好？”慕莺时打断他。

李风辞的心里又惊又喜又软，轻易就被她转移了话题：“不用，那些东西我都有。”

慕莺时若有所思：“也是……”

他是什么人？她能帮上他什么忙呢？

她喃喃完，又抬起头：“你是不是想问我为什么要自己走？”

李风辞微顿，还是点头。

“莺儿，你在想什么？”

李风辞能感觉到慕莺时对自己的感情，他也清楚她在这儿遭遇过的那些不幸，因此，他对带走她很有信心。他想，她总会答应他，不过是需要些时间来接受。

可她今天这副模样实在是不对。

李风辞不自觉地皱了眉头：“我知道我从前待你过分了些，但我希望你能相信我。莺儿，你是不是有什么解决不了的事情，能告

诉我吗？”

听见这句话，慕莺时笑得眉眼盈盈。

“我信你，当然信你。”她踮起脚抱住他，抱得很紧，是极度依赖的样子，“你没有伤害我，你一直在帮我，从那边的安排到阿姐的后事，还有说带我走……”

她深吸一口气，语带笑意，李风辞却觉得肩膀上一片湿润。

“你说过的，我们重新开始。但若我同你一起，没个调剂的时间，我会觉得一切都还连在一起，算不得什么新的开始。”她条理分明，“我需要一个节点，告诉自己从前都过去了。再见到你，我们就当从前的事情都没发生过，这样好不好？”

她说得有理有据，李风辞却不知怎么心底有一处地方不安地动了动。

“真是这样？”

慕莺时不答，只隐忍着吸了吸鼻子。

他正要把她从怀里拉出来问她究竟怎么了，就听见她清晰地道：“真是这样，你别不信我……李风辞，你不知道吧？我爱上你了。”

李风辞僵了会儿，耳边的人又重复一遍。

她说：“李风辞，我爱上你了。”

这句告白来得突然，像是一剂麻药，麻痹了李风辞的怀疑和担心。

难以想象，从来深谋远虑、走条直线都要做规划的李风辞上将，

竟也有被一位姑娘的一句话就糊弄过去的一天。后来再回忆起来，他也骂过自己糊涂，然而此时此刻，他只觉得欣喜。

他回抱住她，满脸都是笑。

“莺儿？”

“嗯。”

李风辞笑得胸腔都震了下，他将她抱得更紧了些：“莺儿？”

“老叫什么呢，小孩子似的。”她跟着他笑，“我在呀。”

他将人从怀里拉出来，看见她暴露在灯光下羞红的脸和耳朵，心底一阵满足。

李风辞灿然，眼眸亮若星辰。

他低头吻上她的嘴唇，他们接过无数个吻，但这次最甜，最让他流连不想放开。

沉浸其中，李风辞情动时满足地闭了眼。他并不晓得，慕莺时在这时睁开了眼睛，那双眼里有情迷，有意动，更多的却是决绝和悲苦。

慕莺时忍着鼻酸抱住他。

她爱他，可她配不上他。

现下他对她有情不假，可那里边是真情居多还是同情居多，谁分得清呢？李风辞不懂她，他以为他给她一个未来，她就能够接受？给她一个承诺，她就能够放开自己去爱他。可事实上，她没那个信

心接受，也没那个信心给予。

希望这种东西，她有过，可这三年里一点点被磨碎消失。她不是不想打开自己，但她失去了这个能力，她打不开了。

半年前的歌舞厅里，她从台上下来，其实第一眼就看见他了。当时她觉得能与他再遇是梦，现在看来，也确实是梦。

他来得不迟，是她的错，是她不敢想、不敢有奢望。

若早知他会来，她就该稍稍保护着自己，不该绝望堕落，她该等等他。

但她不是神仙呀，她不知道，也回不去。

好可惜，梦醒之后，他们的人生要分开走了。

尾章

最后一次了，能原谅我吗？

后来发生的事情，让李风辞无数次后悔自己为什么没有多做考虑,也让他无数次怀疑慕莺时是不是真的爱他？若她说的都是谎话，所谓的“爱他”是在骗他，那么，众人口中精明能干、心有城府的李风辞上将，被她一句话就忽悠过去，她该很得意吧？

现在想想，他当时送她去火车站就是个笑话。

火车站前，他对慕莺时嘱咐叮咛：“其实那些人并不能威胁到我什么，你的存在对我也并不算是拖累。虽说我觉得你的担心多余，但既然你坚持，也就算了。”

他派了几个小兵送她：“你自己路上小心些，我处理完这边的事情就回来找你。东北那边都安排好了，下车就会有人接你，你记

得和他们对个暗号。暗号是什么你可还记得？要不要我给你重复一遍？是……”

“好了。”她拉着他的手，“我这么大的人了，你有什么可不放心的？”说着，她还状似无意地瞥了边上的人一眼。

被瞥及的燕斜风清了清嗓子，退远两步，低头玩手，假装没听见。

李风辞不习惯这种氛围，一时也有些别扭：“说的也是。”

慕莺时旁若无人地踮脚吻在他侧脸上：“所以呀，你回去吧，我会照顾好自己的。再说，你还派了人跟着我呢，别太担心。”

“好。”李风辞忍不住笑，“到了地方给我来个电话。”

慕莺时“嗯”了一声，转身走向进站口，在进去之前还回头朝他挥了挥手。

夏日炎热，她穿着一身无袖的水红色旗袍，微卷的长发半披在脑后，整个人精致明艳，仿佛阳光下开得最好的一朵花儿。她朝他摆手，眼珠一转，忽然挂起一个恶作剧一样的笑。

她毫不顾忌地大喊：“李风辞，我们这么有缘，一定会再见的！再见面，你千万要记得我啊。”她眼神干净，笑意明朗，眼眶却微微泛红，“你可不能把我忘了！”

她在认真地同他道别。

多年以后再回想这一幕，李风辞总觉得她的表情不对，若他当时能多留个心眼，一定能看出她的意思。

可沉浸于当下的李风辞却是半点儿异常都没感觉到，他满心都是期待，在等一个不久的未来，甚至于他开车回去的路上都还在勾着嘴角。

“上将，您不是吧？”燕斜风坐在副驾驶座上拧着眉头，“您难道是认真的？”

李风辞心情好，也没同他计较，反而还应了：“不然呢？”

燕斜风大惊：“上将？不、不是我说……那位小姐就算再好看、、温柔、能解人心意，她、她也是……”他一咬牙，“她也是风月场里出来的啊！”

“啧，就你有嘴，就你有脑子，就你知道？”李风辞腾出一只手，手肘狠狠地捅向他的肚子。

燕斜风疼得吱哇乱叫：“那您还……”

“难道我就是什么好人吗？”李风辞缓缓道，“她配我，正合适。”

可燕斜风天生只长了一根筋：“上将这么许慕小姐，您有没有想过别的？顾小姐呢？顾小姐可是大帅生前就……”

李风辞不耐烦地打断他：“你哪个年代的？还活在古时候？现在讲究的是民主和自由，娃娃亲这种东西谁还当回事儿？”

讲完这句，李风辞心情好了些，他的嘴角又不自觉地弯了起来：“你不知道，莺儿和我说她爱上了我的时候，我连孩子的名字都想

好了。”

燕斜风被这句震得半晌才回过神，他结结巴巴道：“您、您这回还真是……”

“对，栽了。”李风辞爽朗道，“但既然是莺儿，我也就认了。”

燕斜风欲言又止，半晌，揉着肚子垂下了头。他的脑子里浮出一个人影，那姑娘生得秀气，性子却开朗。她总爱穿素色裙子，总爱抱着果脯跑来跑去，总是在李风辞避她不见的时候眨着眼睛问自己：“风辞哥哥又不在吗？”

他不明白，顾家小姐那么好，她单纯善良好看，家世好品行好，不论是从单个儿的优点还是从整体来论，她哪儿哪儿都比慕莺时强，甚至可以说是强上千万倍……可李风辞怎么就放着顾影疏不管，爱上了慕莺时呢？

瞟了李风辞一眼，燕斜风捂着肚子沉默起来，不再言语。

虽然不言语，但燕斜风心里总是有想法的。

他觉得上将可能是瞎了。

这个想法在几天后又升了一层。

燕斜风记得那天下了雨，很大的雨，乌云密布，弄得整座城都乌压压的。当时是傍晚，恰巧日夜交汇，天沉得几乎要塌下来。

那几个小兵打来电话，说半路上吃了慕小姐拿的水昏了过去，

等到醒来，人早不见了，只一个小兵的手里多了一封信。

李风辞气得发抖。

她还真是好心，临走还记得留一封信给他，可惜那封信上没有一句他爱听的话。她的字不好看，笔迹也匆忙，还有几个错别字。她说自己是爱他的，可比起爱他，她更想要自由，想要四海为家。这么说来，她或许也没那么爱他。

李风辞知道她没读过书，能写出这么多字，他想，也真是难为她了。

这张车票就当我欠你的，最后一次了，原谅我吧，你也只能原谅我，毕竟我们不会再见。江湖路远，万望珍重。

慕莺时笔

他拿着信读了好多遍。

原来是这样，他怎么就没猜到呢？不肯和他走，非要坐火车，不顾人来人往喊出的道别话，原来是早做好了准备要离开这儿、离开他。

可她何必弄得这么麻烦？

李风辞气极反笑。

她若不想跟他可以直接提，这样翻来覆去，是觉得自己会强留她吗？

真是可笑极了。

他笑了一晚上，气了一晚上，心头的火怎么也消不下去。而在那之余，他不愿承认，自己也生出了些担心。她一个女孩子，什么也没有，就这么离开，能过得好吗？

李风辞点了一根烟。

他吸了一口，烟雾缭绕里，想起从前丢过的许多烟。那时他不信她，凡是她碰过的，他都不会再动。久而久之，她发现了，也就不再自讨没趣，再没给他卷过烟。

若当时没扔那些烟该多好。

李风辞的眼睛里满是血丝。

若当初，他没有那么对待她该多好？

他走到窗边，望向天际，入眼是雨幕如倾，他深深吸了口气。

“你想要什么，直说就是了。”他喃喃道，“何必这样躲我？”

与此同时，慕莺时趴在一处河流边的树下，暴雨打湿了她全身，她却半点也没意识到。她双眼无神，表情却显得有些狰狞。她喘得像一尾干涸的鱼，翻遍了外套的每一个口袋：“烟，我的烟……”

她的身上什么也没有。

事实上，慕莺时也尝试过戒烟，最后那次，她甚至把芙蓉膏扔进大海里，就为断去自己的念想。她其实也抱着侥幸，心说若能戒

烟成功，她就真和他走，哪怕结局不完美，也能当作一个梦。

可惜她没有成功。

沾上芙蓉膏的人早就不是人了，是狗，是鬼，是牲畜，是没资格和李风辞站在一起的。

慕莺时大喘着，她抓心挠肝，眼前一片漆黑，什么也看不见。她挣扎着起身又倒下，手指抠在地上，指甲盖里全都是泥。她好不容易站起来，膝盖一软，再摔下去，就这么摔进了河里。

近日暴雨，河水湍急，水位涨得厉害。慕莺时刚落进去就呛了口水，那水灌进她的嘴里，灌进她的耳鼻，灌进她的肺。

她想喊想叫，想抓住些什么，却一个音也发不出。

怕到极致，她反而平静下来。

意识模糊之际，她看见了一些幻影。

她见到了阿姐，见到李风辞，从前小巷里熟悉的邻居们也再次出现，他们一一走过，所有人都很好，大家笑着说话，每个人都圆满。她漂在水里，无意识地弯了嘴角。这一瞬间被拉得很长，她的脑海里闪过许多画面。

其中一幕，是许多年前，阿姐带她祈愿，她们遇见了一位算命先生。

先生说，她们命途不好，生于水火，亦将死于水火。

慕莺时迷迷糊糊地想着，那位先生真神。她们自幼孤苦，相依

在鱼龙混杂的地方长大，末了，阿姐死于火灾，而她葬身河道，还真是应了他那一句“生于水火、死于水火”。

竟是一字不错。

河里的泥沙有些温热，她被包裹住，茫然地察觉到了暖意。

她睁开眼睛，看见了李风辞。

这一次她没想逃，她走向他，轻轻地笑。

过去，她生在泥泞里，长在泥泞里，沾尘染灰，总是很脏。而后来她被迫做了那些事，说是被迫，那也是她做的，在那之后，她便更脏了。

可她总觉得，当她望向他，她是干净的。

身体不断地下沉，慕莺时的意识却渐渐上浮。她看见阳光明亮，看见水波清澈，看见天高云淡，看见不远处，男人冲她笑着，叫她过来。

她终于干净了。

卷三·疏影斜
我喜欢一个人，
就是要和他长长久久在一起的。

第一章

嘴甜的小向日葵

1.

南方的夏天炎热，水汽很重，身上穿件短袖都要被汗湿，到了晚上又闷，落个雨都不爽利。燕斜风在上海一直很不适应，尤其是现下，眼见这温度一日高过一日，他每天无事就望着太阳发愁，想着什么时候才能回家凉快凉快。

也不是这里不好，上海花团锦簇，不论是建筑景观还是遇见的人，无一不精致。就连这边的流氓都聪明，晓得利用规则赚长期的钱。不像东北，混子虽没几个，可土匪隔一个山头就立个寨子，军队常常需要去剿，那些寨子里的伙计们动辄喊打喊杀，都是露着膀子挥着刀的。

这么一比，许多年纪小些、喜欢热闹新奇的弟兄便被迷花了眼。他们在繁华的上海滩待了一段时日，被歌厅里的美人勾得魂儿都不见了。见燕斜风不愿待这儿，他们还要揶揄几句，问他这儿哪里不好，怎么那么想回去？

每回燕斜风都不屑地同他们摆手：“这儿没劲。”

“怎么没劲了？”老五搭上他的肩膀，“欸”了几声给他递眼色，“你瞧北边摊上那个姑娘，转过来，还有刚刚走进胭脂铺那位。啧，这身段儿，这小胯扭得，哪个不带劲儿？”

“低级。”燕斜风直接把人的手拍下来，“我问你，假如咱明个儿就死了，你是愿意死在家里，还是愿意客死异乡？”

老五一怔，连忙“呸呸呸”：“你这……能不能说点儿吉利话！”

“人生无常，多做打算。”燕斜风轻拍了下他的肩膀，“我回去了，你自己注意点儿，别老站在这儿瞅姑娘，被人家发现怪丢人的。”

老五嘴笨，被燕斜风这么一噎，许久都讲不出话。等了半晌以后，他想到了能怎么反驳，燕斜风却早就走得连影子都不见了。

“嘿，我说这小疯子还挺逗，每天除了练枪就是练枪，你说他这是没长大，还是真是根木头？哪有男人不爱看姑娘的？”老五往嘴里扔了一颗花生，用肩膀碰碰身边的平头小子，“你说是不？”

平头小子是新兵，安静木讷，还爱脸红。他平日寡言，但队里

的人最爱照顾他这种话少的人。只要有他在，大家必然先要哄他多讲话，更别提现在只有他们两个人。

老五一把搂过小平头的肩膀，笑得极富内涵：“你说小疯子该不是有哪儿不正常吧？”

“不能吧！”小平头瞪大了眼睛，说完之后，他很快从周围一圈望向自己的人里意识到自己的声音过大，连忙压低了些，“燕大哥，可能……他作为上将的心腹，不慕女色也挺好的。”

“是吗？可我看咱们上将自己就挺慕女色。欸，你想想啊，以前上将身边那么些个大美人，几日一换来来去去的，是吧？我觉得上将不仅慕，还颇有点儿来者不拒的意思，你说是不？”老五歪着嘴笑，“还是你想说，上将这么着不对？”

“我，我……”

小平头结结巴巴的纠结样子取悦了老五，他哈哈大笑着拍人肩膀，要不都说逗小孩儿好玩呢？这是真好玩啊！也就这孩子，能把他们的浑话当真了。

老五笑完心满意足地离开了，也没再去关心什么燕斜风。毕竟这世上怪人多得很，不近女色也算不得什么稀奇事。

2.

前几日还有大雨倾城，可昨儿个不过晴了一天，空气就变干了。

檐上地下什么痕迹都没留，仰头一看还可能被那明晃晃的日头给晃了眼。

燕斜风吃过东西回到住处，手上拿着一枝向日葵。

这是他回来时在一家卖花的门铺看见的，当时店门口放了一大束刚修剪好的花儿，那些花儿开得张扬又热烈，他原本只是多看了它一眼而已。但也就是因为那一眼，他停住脚步，眼前浮现出一个姑娘的笑脸。

那个姑娘偏爱明黄色的裙子，一年四季都在穿。她有长短袖的小洋装，有各种不同的旗袍，大多款式都不同，只颜色永远相似，暖暖融融，像个小太阳。

在看见那枝向日葵的时候，燕斜风第一眼就想到了她。大抵是想得入了神，他对着向日葵发了会儿呆。而等他再回过神，便已经付完钱拿了花儿往回走了。

轻叹一声，燕斜风进屋找了一个杯子接了水，他把向日葵插在杯子里，可花秆儿太长，杯子又矮，总立不稳。他想了想，决定把它放在窗台边，不仅能让花儿靠着窗框立起来，还能让它晒晒太阳。

他正要过去，桌上的电话却响了起来。

燕斜风只能先扶着向日葵。

“你好。”

“是我！”电话那边的声音轻快，“小风哥哥。”

燕斜风一愣，望着向日葵的目光温柔了些。

“嗯，是要找上将吗？”

顾影疏皱了皱鼻子，下意识地反驳：“不是。”驳完又吐吐舌头，“我是想问，小风哥哥你前几天就和我说你们要回来了，怎么现在还没回来呀？”

小姑娘就是喜欢口是心非，燕斜风笑了笑：“上将还有些事情没处理完，不过说来也就是这几日了，你不用着急。”

“我才没着急。”顾影疏拿手指绕着电话线，“对了，小风哥哥，我听人说李风辞要接个人回来？还是个姑娘？”

顾影疏的爹爹是上将手下的老将，她与李风辞算得上是青梅竹马。她小时候被教着，年纪长她一些的男子都要叫哥哥、女子都该叫姐姐。因此，她那时总唤李风辞作“风辞哥哥”。之后，顾影疏又认识了燕斜风，她知道了他的名字，于是笑着说，既然他名字里也有个“风”字，她便唤他“小风哥哥”好了。

只是不晓得从什么时候开始，顾影疏开始直呼李风辞的名字，对他反倒没变，一直叫到现在。

“这……”燕斜风皱眉，“你是从何得知的？”

“李风辞不是从这边派了人吗？军部的事儿，我爹还能不知道？”顾影疏撇撇嘴，“小风哥哥，李风辞是不是有了爱人？”她

努力压下心中因为八卦而生出的雀跃，“他枕边人虽多，但我听说了他这次的安排。不是我说，真够细致的，我还从没见他对谁这么细心过。”

燕斜风抚着向日葵花瓣的手指停了停。

“你别担心。”他听到对面隐隐压低的声音，心底一时五味杂陈，怕小姑娘因此不好受，“那位小姐……”

燕斜风本想将慕莺时的事情说出来，话到嘴边，又觉得这件事情轮不到他来说。

“我想上将回去会同你说清的。”

顾影疏听他大喘气，原以为自己能听见什么内幕，等了会儿却只等到他这么一句，一时不由得有些气结。

“我有什么可担心的，我就是好奇！”

“好好好，顾小姐就是好奇，我知道。”

顾影疏：“……”

这是什么哄小孩儿的语气？她明明说得这么认真！

电话另一头的燕斜风却半点儿没察觉到顾影疏的想法。

顾影疏与李风辞订了娃娃亲，燕斜风打见她的第一面起，就知道这是他们上将未来的媳妇儿。那时他刚调到李风辞麾下不久，顾影疏也还小，才十五六岁，借着身份之便，动不动就往军部跑。她

生得精致可人，洋娃娃似的，又软又乖，每回见他都甜甜地笑，问的却是“风辞哥哥在吗”。

话筒里面安静了许久,燕斜风一直在等顾影疏开口,但总等不到。

他的声音里有些迟疑：“顾小姐？”

见她仍是不说话，燕斜风无奈地摇摇头，心道小女孩的心思总归是有些别扭，他不该这么直接戳破人家。

这头的顾影疏正生气，想先晾着他一会儿，等他再叫她两声再开口，没想到他却干脆地咳了咳：“现下是午后，顾小姐也该小憩一会儿了，我就不打扰你休息了。”

“我、我不午睡！”

燕斜风顿了顿：“那你……”

顾影疏撇着嘴又不说话了。

燕斜风跟着她一起沉默，好一会儿才拎出一句适当的话：“那我去休息一会儿，顾小姐午安。”

很明显，这个适当只是他以为的适当，燕斜风心想自己这么说算是给了对方一个台阶下，完全没意识到自己是在雪上加霜。

顾影疏原本可有可无的小脾气很快被堵得上头，她一拳捶在自己腿上，心道这人实在太气人了！偏生她又了解燕斜风，清楚他不是故意的。

她咬咬牙忍了下来，努力说服自己，这是她打来的电话，他那

么忙，好不容易才有时间和她闲聊一会儿，她不能和他吵架，否则这个呆子又会有好长一段时间不敢搭理她。

顾影疏不情不愿道：“那你快休息吧，我不打扰你了。”

听见她终于回答自己，燕斜风松了口气：“顾小姐也睡一会儿吧，适当的休息对身体也好。”

“等一下，你听见我不打扰你怎么那么开心？你是不是不想和我说话？”

先前的时候，燕斜风整日跟着李风辞在外面跑，不常在家；后一阶段，他又每日帮李风辞收集证据和整理计划，更是难得待在这里。他每回回来都很晚，顾影疏算着时间，怕影响他休息，晚了总不敢打电话，可适当的时间，他又总接不到电话。

近五日里，这是她第一次打通这个电话，可他根本没有话要和她说。顾影疏觉得很是委屈，又不知该怎么表达，只好乱发脾气。

燕斜风有些蒙：“我没……”

“你就是！”她的眼眶都红了。

自己调节了会儿，顾影疏吸吸鼻子，心情平复了一些。

“小风哥哥，”她按下心底的委屈，嘟嘟囔囔着就是不愿意挂电话，她也担心这样会烦着他，可她就是想和他多说会儿话，“你们真的快回来了吗？”

燕斜风微顿：“对，预计三日，最迟五日，不会再多了。”

“那好吧。”她咬了下指甲，“那你回来一定要第一时间告诉我，我来找你。”

小女孩还真是长大了，知道害羞遮掩了。她以前见李风辞可没这么多旁敲侧击的动作，说话也不会转这么多的弯儿。

燕斜风笑着叹气：“嗯，你想吃什么？先和我说，我回来下车就去准备，到时候你过来就能直接吃。”他把向日葵放在了桌上，换了只手拿话筒，右手找出了纸笔，“我记下来。”

先前还在郁闷生气，但听他这么一说之后，顾影疏又觉得心里甜丝丝的。

“你从上海回东北，路程又远……这么累，你还给我做菜呀？”

“总归车上是坐着，也不算累，说吧，想吃什么？”

顾影疏的小尾巴立马翘了起来。

她掰着指头点菜，边点还要边表达对菜馆的不满，她抱怨似的说：“那还是家有名的餐馆呢，那么多人说好吃，都是骗我的！不过也是，外边那些店子呀，没有一家能和小风哥哥做的比，小风哥哥做的东西是全世界最好吃的！”

燕斜风被她逗得不住地笑。

小丫头总是这样，嘴甜会说话，哪怕是干着指使人的事情也叫人讨厌不起来，还弄得他挺开心，挺心甘情愿，只要能看见她满足

的模样，好像他怎么着都成。

电话里，顾影疏叽叽喳喳还在说些什么，大多都是小事生出的废话，燕斜风却听得认真，不时给出回应和浅笑。阳光照进来洒在他的身上，带着专属于夏日的清爽味道，碎金铺在他的发上、眼里，他低头摸了摸向日葵的花瓣。

这一刻，连那花儿投在地上的影子都显得温柔。

李风辞总说顾影疏是大小姐、难伺候，其实不是这样。

燕斜风在心里反驳，她分明这么可爱。

虽然从没说过，但燕斜风打心底里觉得她就是一朵小向日葵，朝气又明朗，是全世界最干净的一朵小花儿。

3.

站在穿衣镜前左比右比，顾影疏选了半天才挑出来该穿哪条小裙子。

燕斜风上午给她打了电话，听他的意思是刚刚到家，才把东西放下，水都没喝就先告诉她了，似乎她是他排序完毕做的第一选择。她对着镜子抿嘴笑，连自己都觉得傻。她轻轻拍拍自己的脸，两只手把嘴角往下扒拉，可那嘴角像是有了意识，再怎么扒也能自己翘起来。

怎么就这么不听话呢？顾影疏扯着嘴角对着镜子做个鬼脸。她

蹦着就往床边跳，后仰着倒在床上，眯着眼打滚。

虽然和燕斜风约好的是下午，可她一大早就准备好了要出门。说好的不出意外三天可归，还是拖到了最迟的日期。这多出来的两天叫人等得烦躁，她不喜欢等人，最不喜欢了。

不过有什么办法呢，她还不是得原谅他。

想着想着，她又开始笑。

恰好这时候房门被敲响，她一骨碌就坐了起来："进！"

"哎哟，怎么还躺在床上呢？"

"可我衣服已经换好了呀，您看。"顾影疏站起来连着转了几个圈，"妈，我好不好看？"

眼见着她把自己转晕，下一刻就要往边上摔去，顾夫人连忙扶住她："好看，好看。"说完又拍了一下她的背，"好看有什么用，皮成这样，你瞧瞧人家小姑娘……"

"我才不看人家小姑娘，我喜欢看人家小伙子。"

顾夫人笑着又拍她一下："瞎扯什么呢，真是不害臊。"

顾影疏吐了吐舌头："对了，妈。"她把母亲牵到梳妆镜前，"您给我编个头发呗，我手背到后边儿去就拎不清这玩意儿该咋弄了。"

她两只手一边一把抓着自己的头发，精致的小脸也皱成苦瓜。

"你呀……"

顾夫人敲了她一个脑瓜崩。

“坐好了，别驼背。”顾夫人分出她的头发，一股一股细细梳理，“下午要去军部？”

“嗯。”顾影疏老老实实地坐了会儿就开始玩放装首饰的小匣子，“妈，您觉得是这个珍珠的发夹好看，”她举起手往后挥，“还是这个金色的？”

“珍珠的配你今儿个这身，怎么还戴这个？哟，我都没注意你把它从这小匣子找出来了。可不容易，我还以为你整丢了呢。”

顾影疏拿着发夹自顾自左右比着：“哪能啊，我这么细心的一个人。”

顾夫人见她这样，又好笑又想打：“又是去见那个小兵？”

“他才不是小兵，人家可是英雄！”顾影疏一拍桌子，捶得整个桌面上的小物件都震了一下，“大英雄，能救我于危难的那种。”

顾夫人顺毛摸她：“好好好，那是个大英雄，那你说风辞呢？风辞不也英武俊朗的……”

“李风辞？”顾影疏撇了撇嘴，“有些传言我真是不能和您说，啧啧，太不正经了，我听起来都刺激，我可不能拿它来刺激您和我爸。”

珍珠发夹在顾影疏的指尖转来转去，她的手指细白，皮肤嫩得和缎子一样。她捧着珍珠发夹到眼前，衬着那点柔光，人也显得越发娇憨。

“可是他就不一样了，他是顶好的人，他才值得我喜欢呢。”说完，她低低笑了一下，很快又抬起头，眼睛睁得滚圆，“不能告诉我爸！”

“别动，别动！刚给你编好了又给我弄乱，白瞎我这么费劲。”顾夫人气得飙方言，“你也没告诉过我那是谁，我怎么和你爸说？不过你这孩子也是，有啥事不能告诉你爸的，他又不是什么老古董。你爸把你看得和眼珠子似的，还能拆了你们不成？我说啊，若他看见你这小模样，就算那小兵不稀罕你，他都能把人绑来……”

“都说了不是小兵！”顾影疏想转头又怕被打，“而且我就是怕他给我把人绑来。”

她义正词严道：“你们不要多插手，我们这是循序渐进的，和旧时代的上一辈直接定下的婚约不一样。现在不都提倡自由恋爱吗？我这种进步青年，怎么能落后呢？我得靠我自己的本事让他喜欢上我才行，你们都不许管。”

“得得得，你去，赶紧去。”顾夫人终于给她弄好了头发，“转过来瞅瞅。”

前一秒还张牙舞爪宣示决心，下一秒听了母亲的话，顾影疏立马乖巧地捧着脸转过身，她眨巴着眼睛：“好看吗？”

“好看。”顾夫人接过她手里的发夹给她戴好，“我们家姑娘好看是好看，就是啊……”

“没有就是，您什么也不想说。”顾影疏噌地跳起来，啄木鸟

似的连着在母亲脸上亲了好几口，“我这么好看，又这么好，哪有人能不稀罕呢？就算他现在不知道我有多好，再等些时日，他也一定会知道。到了那时候，他指不定多稀罕我。”

顾夫人笑个不停：“你看你说的是什么话，说这些你倒是羞不羞？”

“不羞。”顾影疏的耳朵红了红，却嘴硬道，“就是不羞，就是实话。”

第二章

他答应我要好好养我的

1.

顾影疏原先想和燕斜风直接约在他家，偏生他“体贴”她，觉得小丫头约在他家不过是一个说法,若他当真应下,她见不着李风辞，怕是心底要难受。于是，他找了借口，道自己刚刚回来，在军队有些事情要处理，让她先来这儿。

可惜燕斜风这些个心思从未透露过，他只自顾自地扮演着一个搭桥的角色，想的是不能让小姑娘白白同他示好。而顾影疏也是个不爱多想的，她满脑子就是想去见燕斜风，一听他有事儿还能先同她说一声，便觉得他一定也是想尽快见到自己，这一路上咧着嘴就过来了。

也不知巧是不巧，当顾影疏到了军部门口，刚刚下车就遇见了从里边出来的李风辞。她今儿个心情好，小手一挥就同他打了个招呼，眼睛却没怎么落在他身上，反而往他身后瞟个不停，试图找到那个总跟在他左右的人在哪儿。

“影疏？”李风辞停在她面前，“你来得正好，我有事情同你讲。”

顾影疏原本没想多搭理他，只下意识顺着声音将目光收回放在他身上。这不看还好，一看，她整个人都惊了惊。

“你怎么回事儿，生病了？”

眼前的人脸色极差，原先骨肉均匀的脸瘦得颧骨都突出来，颊边也微微有些凹陷。他微抿着唇，将原本就薄的嘴唇抿成一条直线，怎么看怎么不正常。

顾影疏说是不喜欢李风辞，不认同他对感情的随意，但好歹也是打小一起长大的交情，平日里她说了不少他的坏话，关心却也是真的。

“得是多大一场病啊，出去一趟憔悴成这样？”她想凑近又想后退的，干巴巴地比画着，“我没别的意思，但你治好了吗？你这样能随便走动吗？真不会走着走着就晕倒？你若真不愿意躺着，不然、不然你去买辆轮椅啥的……”

“停。”李风辞忍无可忍地伸手截住她。

“首先，谢谢你的关心，我没病；其次，我们不是说好了吗？

那个娃娃亲不作数，年初我同我父母解释过了，若是顾伯伯那边你有什么为难的，也可由我去说。”李风辞上午就接到燕斜风的消息，说顾影疏下午要来找他。他寻慕莺时寻不着，正在焦灼之际，听见这个消息明显更头疼了，“你也知道闲言碎语扰人，顾大小姐到底是个姑娘，还是少来找我的好。”

顾影疏起先还一头雾水，被他这么一激直接小脾气就上头了。

“我找你？”她笑了几声，“你在开什么玩笑呢？我找你做什么，我来这儿是找小风哥哥的！我小风哥哥呢，他在哪儿？”

李风辞深呼口气：“你最好是。”说完就要走。

奈何小姑奶奶被他这不耐烦的语气又惹着了，一把就扯住他的衣袖。

“你这话什么意思？不信？你当我还是年幼无知那会儿呢，还眼巴巴赖着你。我告诉你，那个年纪我做出来的事儿就是我这辈子最大的耻辱，你知道吗……”顾影疏原本想说得更狠一些，可李风辞这脸色差得实在吓人，她稍稍收回了些气焰，“好心想问问你怎么样，居然这么讲我，真是狗咬吕洞宾。”

李风辞揉了揉眉心：“行行行，那真是谢谢顾小姐关心。”

“那我多不敢当啊，李上将你这么客气，还真怪难得的。不过啊，实在是很用不着，我还就不吃你这套。”顾影疏哼了一声就想进去找人。

“不和你吵了，差点儿忘了正事。”李风辞长叹一声，“我有事和你说。”

顾影疏想了想，还是停住脚步回头。

她下巴微抬：“说。”

“我有喜欢的人了。”

顾影疏一愣：“关我什么事儿？再说了，你喜欢的人不是多着吗……”

“等等，你这次是认真的？”她从他的脸上捕捉到了一些和从前不同的情绪，“你这次不是玩儿？你真喜欢上谁了？”

“是。”李风辞像是自嘲，出口的那句话，怎么都不像是他会说出来的，“若她愿意，我甘心被她拴一辈子。”

我的个乖乖。顾影疏在心里感叹，原来李风辞也会有这么一天。

“若她愿意？”顾影疏喃喃着，意思就是那姑娘还不愿意？

她虽觉得那姑娘干得漂亮，真是为李风辞从前辜负过的女子报仇了。但眼前的人实在又有些可怜，她幸灾乐祸的趣味一下子就被冲淡了许多。

“行了行了，你也别太难过，你这次加油呗。”顾影疏拍着他的肩膀安慰，“总归是事在人为，努力努力，也没什么不可能的。”说完，她又纠结道，“但若人家心里真的没你，你也别太执着。感情上的执念可不止招人烦，若你整得不好，硬要强取豪夺，那便成

了土匪才会做的事情，也怪不合适的。”

李风辞干干地扯了一下嘴角。

“总之，我言尽于此，以后你……”

他摆摆手：“算了，你来就来，不要找我就成。”

“得嘞。”顾影疏看他这样也不想再去计较，“你回家好好休息。”

李风辞背过身和她挥挥手，总算驾车离开。

顾影疏目送着李风辞的车子开走，她环着手臂，眉头微皱，看上去像是在担心他。

也不是看上去，她确实担心他。

他现在精神也不稳定，身体还那么虚弱……顾影疏摇摇头，心说希望他能注意安全，不要等会儿人还没找到，先把自己给撞了。

也就是在这时，燕斜风从门后走出来。

其实他在那儿很久了，因为站得太久，还被路过的熟人发现，调侃了几句。在顾影疏和李风辞讲话的时候，他也和友人聊了一会儿天。

谁都晓得他不谈情爱，也没几个走得近的姑娘，可到底年纪渐长，身边的人也都慢慢有了家室，还是会有些相熟的人来问他这些，比如方才那位朋友。

人家是好心，他也不好多讲，只在推辞几番以后下意识地往门

外望了一眼。

那一眼，他正巧看见顾影疏轻轻拍了下李风辞的肩膀。他们凑得很近，一个身材颀长，一个小巧娇俏，天生一对似的，配得很。

“你老这么推拒怎么成，家里不催你吗？”

燕斜风收回目光：“也不是刻意推拒，只是心里有人了。”

“哟！”友人觉得稀奇，“哪家姑娘，怎么从没听你说过？你小子是糊弄我的吧！”

“哪家的你别管，左右我们不可能，人家心里住的不是我，同我认识熟悉也不过是想借我和她的心上人联系而已。”

友人听得咋舌：“照你这么说，人家姑娘对你一点感情都没有，你何必……”

“怎么没有感情？”

不远处，李风辞上了汽车，顾影疏就那么站在原地望着他。她背对着门口，燕斜风看不见她的神态表情。

地上的尘沙被风吹得打了个转儿。

燕斜风轻轻地笑道：“我们是朋友啊。”

这句之后，燕斜风有些恍然，随意又扯了些闲话便和友人道了别。他往门外走去，刚刚走到顾影疏的身后就看见她转过头来，她望见他，笑得眉眼弯弯。

“小风哥哥，你可出来了。”

“事情比较多，等久了吗？”

“没有，没有。”顾影疏连连摆手，“正巧碰见李风辞，说了两句话你就出来了。”

天边薄云缓缓散去，有风轻轻地吹，顾影疏依然对他笑着。她今天很好看，或许是许久不见，燕斜风觉得她比他印象里的更好看了一些。

他深深望她一眼，刚刚笑开就看见她肩上落着的一片花瓣。

燕斜风本想直接帮她摘了，伸手之际又不知想到了些什么，中途换了个动作，他指了指她的肩膀：“那儿有东西。”

“嗯？”

顾影疏眉头微皱，似乎在懊恼什么。可很快，她借着偏头一扫的动作掩饰住自己的心情：“没了！”再转过脸，她又成了什么都没发生过的样子，对他嘻嘻笑道，“小风哥哥，我们走吧，我好饿。”

她的情绪总是能牵动他。

先前燕斜风还因李风辞那番话而担心，生怕顾影疏听完会难过，眼下见她似乎没什么不悦，他也稍稍放下心来。

“好。”

2.

顾影疏爱吃的菜不怎么家常，燕斜风每回都要准备很久。她也想给他帮忙，但他总是不让，不是说这个有油不让她动，就是说那个处理起来麻烦，怕她伤了手。

于是顾影疏也就顺理成章地赖在他的沙发上，无聊了跑到厨房门口望他一望，等到被发现又被赶回客厅，再继续赖着。其实她也觉得这样不好，他那么忙那么累，还得给她弄这么多东西，而她什么忙也帮不上，像个小废物。

燕斜风却不赞同。

他问她："戏院里是不是台上的人唱着，台下的人坐着的？台上的角儿见着有人喜欢自己的戏便有成就感，台下的看客们听了戏心生欢喜便觉欢畅，每个人获得满足感的方式本就不同。你说，若角儿不唱了跑到台下或者台下的看客们不好好看戏，非要上台，这不就乱了吗？"

说着说着，燕斜风将顾影疏带到客厅。

"你在这儿等我，一会儿就好。"

顾影疏迷迷糊糊地应承下来，只是，她人虽然坐在沙发上，眼睛却止不住地往厨房瞟。她觉得小风哥哥的话也有道理，但这个"有道理"只能是由他来说，若换个位置，从她口中讲出来，就会变成推卸，会显得很不好。

而若换位，发现道理不对，那么这个道理就不是真理。

顾影疏机灵得很，不好糊弄，但每回燕斜风扯的东西，她都会信一信。她知道他是心疼她，她也喜欢他心疼她，很喜欢很喜欢。

只不过他总为她着想也不好，她那样在意他，也会怕他累着，也会心疼他的。

于是，吃饭时，顾影疏又将这件事拿出来说。

望着眼前皱着眉头的小姑娘，燕斜风禁不住轻笑出声："你且安心吃着，只要看你吃得开心，我便开心了。"

"可在家里做什么事情，我爸我妈也是分工来着，不是一个人包揽所有事情……"

她的声音很小，嘟嘟囔囔，燕斜风什么也听不清。可即便听不清，他也明白她的意思。

在燕斜风眼里，顾影疏是泡在糖水里被宠大的小姑娘，整个人嫩生生甜丝丝的，他也乐意同她身边人一样，好好宠她。从前的时候，她对他的付出习惯得不得了，只是最近两年不知为何突然在意起来，总想和他分担一些什么。

兴许是她真长大了，懂得照顾人了。

燕斜风想了想："若你真想帮我，吃完饭后，我们一起洗碗。"

"就这样吗？"

“这还不够？”燕斜风被她逗乐了，“你到底要怎么才能安心？”

顾影疏用筷子戳着米粒：“也不是不安心，就是，就是……”

“好了。”燕斜风探过身子摸摸她的头，“你信我吗？”

“我最信小风哥哥了！”顾影疏握了拳头，宣誓一般郑重。

“那你听我说，我愿意给你做吃的，做多少、做几次，都可以。看你吃得满意，我也会很开心，比什么都开心。”

顾影疏歪了歪头，到底还是不放心：“真的？”

“不骗你。”燕斜风见她吃得满嘴油，笑着给她递了手帕，“你身边不也有那么多人养小动物吗……”

刚一说完，他就发现这个比喻不对，生怕她不高兴。

没料到顾影疏倒是眼睛一亮：“也是，我身边养宠物的人可多了！小风哥哥你这么说我就安心些了。不过你也不能学着那些人，一不想养了就把小东西给送了，你可要好好养我！”

燕斜风被她弄得哭笑不得，只得低头夹菜：“先吃饭。”

“你先答应我。”顾影疏的眼睛水灵灵的，此时又含着深深笑意对他耍无赖，还真是有几分小宠物的模样，“你若不答应，我就饿死我自己。”

说这句话的时候，她嘴里还有一口肉没嚼完，燕斜风无意义地比画了几下，最终决定放弃。

“行，答应你，答应你，快吃吧。”他见她心满意足，又加一句，

“什么时候再想吃了再来找我，我都给你做。”

顾影疏眯着眼笑：“小风哥哥真好！”

燕斜风随她弯了眼睛，低头吃饭。

他吃饭的时候很安静、很专心，不爱多说话，吃相也好看，除却给她夹菜时会抬头，其余时间都在盯着自己的饭碗。顾影疏很喜欢在这时候偷瞄他。

燕斜风的眉眼很深，浓墨染成的一样。他的鼻梁也挺，轮廓立体分明，只唇色淡了点儿，不笑的时候看着有些冷，但只要一动一说话，你就会知道这个人好接近得很。顾影疏很喜欢偷看他，看他做饭，看他开车，看他在靶场打枪。她尤其爱看他练武的时候，动作潇洒飒然，让她移不开眼。

想着，顾影疏的笑意渐深。

只可惜呀，这么好的一个人，却半点儿不解风情。

他总不懂她的心思。

在回去的路上，顾影疏边揉肚子边悄悄伸手抓住燕斜风的衣角。

他今日穿的外套很宽，后摆稍长，只要她小心一些，就算牵一路他也不会发现。

在把那抹衣角抓到手心之后，顾影疏满足地眯了眼睛，像一只

偷偷摸摸做了坏事没被发现的小狐狸。她又得意又小心，既想告诉所有人，又怕有人发现了自己的动作。

顾影疏的心里一会儿纠结一会儿甜蜜，她太过沉浸在自己的世界，一个没留神，脚步一慢手上一扯，就让燕斜风感觉到了后摆的异常。

“怎么？”燕斜风回头。

糟糕，被发现了！

顾影疏脸上一红，还没想好该怎么解释就看见他抬眼四顾。

“这段路确实有点儿黑,也没什么人走,你要是真害怕的话……”

他犹豫着伸出手，原本只想指着衣摆让她继续牵，没想到小丫头一时误会了，赶紧拽住他的衣袖，小鸡啄米一样点头。

“嗯，我真害怕，可害怕了。”顾影疏紧紧扯住他的衣袖，怕他挣脱还稍微多扯了点儿布料，做出一副可怜巴巴的表情，“这儿晚上怎么这么黑呀。”

燕斜风摇摇头。

“不怕，我们走快点儿。”

顾影疏吃瘪地点点头，果然就看见他加快了脚步。

可恶，失策了，他怎么能走这么快呢？她还想和他多待一会儿。

不过还好，也不是完全吃亏。

她挑着眉头，心情由晴转阴再转晴，小手紧紧拽着他的衣袖，

脚步都轻快起来。

燕斜风的袖子长了点儿，顾影疏又牵他牵得紧，从后边看上去，他们像是牵着手一样。她偷偷笑，越看越满意。

不论如何，他们今天这样，也算是有进展。

3.

回到家只休息了一小会儿，顾影疏就坐到了书桌前。她在日记本上写下今天发生的事情，书桌前的椅子有些高，她的身材矮小，坐在上边还能晃个腿。

写完以后，她抱着本子又开始傻乐，乐了好一会儿才合上本子。

接着，她抱起电话熟练地按了一串号码。

“煜欢！”

那边刚刚接通，她就按捺不住地唤了一声。

另一头的女孩明显被这声给吓着了。

“怎么着，这么激动？”洛煜欢盘着腿坐在椅子上，跟着她笑出来，“是不是我出的那招成了？”

“什么招啊，别说了。”顾影疏摆摆手，“他看见我肩膀上的花瓣，只告诉了我一声，根本没帮我弄掉。”她满脸郁闷，“亏我还找了半天路上哪里有花树，蹲在地上选了好一会儿才找到瓣颜色好看的花。”

洛煜欢奇怪道："居然没效？不能够啊，我看见话本子里都这么写的……"

"不提了，不提了，这个不重要。"顾影疏还没沮丧多久就又活过来，"我觉得小风哥哥对我特别好，你知道吗？我今天还得到了一个承诺。"

"承诺？"

顾影疏揪着怀里的枕头"嗯"一声："他答应我要好好养我。"

"好好养你？"

洛煜欢原本就坐在床边的柜子上接电话，闻言，她探头往院子里看一眼，顺手抛出去晚上吃完没扔的烧鸡骨头，外边的一条大黄狗立马跑过来将骨头叼过去。

"你确定他的那个养你指的不是我养棍儿的那个养？"

"你说什么呢！"顾影疏一拳捶在枕头上，"我告诉你，不是，我能确定！"她红着脸撒谎，"我们今天回来时，还牵了手！牵手，你知道这是什么意思吗？我牵了他一路这么回来的，我和你说，我们特别好……"

洛煜欢在那边敷衍又夸张道："这么厉害呀。"

"那可不是。"顾影疏的小尾巴慢慢又翘起来，"我觉得我们马上就要成了。"

顾影疏在西安出生，她八岁那年，西安有一支部队调到了锦西，

那支部队是她父亲带的，于是她也就跟着调离西安的父亲来到这儿。而八岁之前，她最好的朋友便是洛煜欢。

说来也是缘分，中途两家断过几年消息，后来又联系上了。两个孩子也就继续交往起来，即便分隔两地也无话不谈，俨然是最亲密的小姐妹。

顾影疏说得起劲，把所有东西都添了油加了醋，说出来的一半是真的一半是她想象里没能实现的，这么描述完，倒真是生出来一个两情相悦的好故事。

顾影疏越讲越来劲，那头的洛煜欢却打起了呵欠。

“你怎么回事，我这么辛辛苦苦地和你讲话，你还听困了？”

“不是。”洛煜欢实在没忍住，“我今儿个带着新来的徒弟练了一天，清晨起得早，下午和晚上又去练了几遭拳，实在累得慌。”

顾影疏咋舌：“新徒弟？你们武馆又招人了？”

“这来几个走几个，留下的左右不多，不招人可怎么整，那不成了空地儿了。”

“你怎么这么忙呀……”

洛煜欢是西安洛家武馆馆主的女儿，只长顾影疏两岁，也不过是个小丫头，可现在都成了武馆大师姐了，听上去就威风。

顾影疏嘟着嘴：“想找你聊会儿天都这么困难。”

“哪困难了？”洛煜欢一拍大腿，“这样，你有什么想说的尽管说，我今天还就不睡了，我就要听你讲完！”

顾影疏被逗笑：“得了得了，你早点儿休息，别明天晕倒在练武场上。”

“这是哪家小姐这么体贴呢？”洛煜欢“哎呀呀”道，“天哪，是顾家小姐吗？我听说顾家小姐机灵可人，有趣得很，没想到还这么体贴人。也不晓得她以后会许给哪户人家，那个人啊，得是有多大的福分……”

“别贫了！”

顾影疏笑弯了眼睛，和洛煜欢斗了几句嘴就挂了电话。

电话挂断以后，她倒在床上，又把今天回顾了一遍。

燕斜风跟着李风辞在上海待了八个多月，这八个多月里，她想了他许多许多回。每想一回，她就觉得自己长大了一点儿，都能尝试和忍耐相思之苦了，真是长大了很多。

顾影疏闭着眼睛甜甜地笑，笑着笑着就迷糊起来，连后来顾夫人进来给她关灯都不知道。

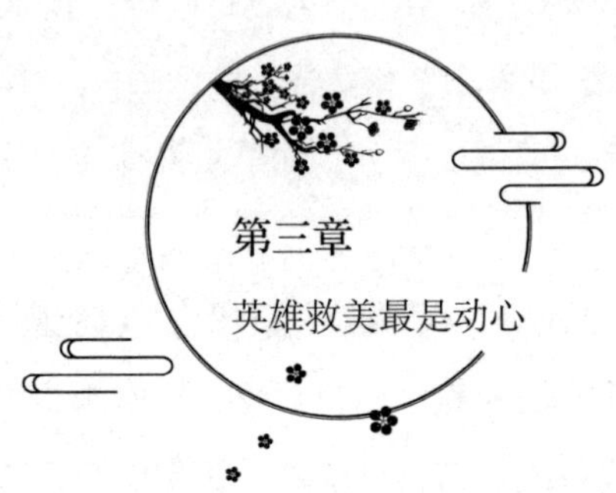

第三章

英雄救美最是动心

1.

顾中校子嗣单薄，家里只有顾影疏一个小女儿。一家人从小围着这个娃娃宠得不行，不说吃穿用度样样精细，就连小孩子说胡话，要摘天上的星星，家里都恨不得给她架梯子，还要嘱咐一句小心摔着。

小丫头自幼被捧着长大，难免性格娇纵一些。她八岁初来东北，虽说人生地不熟，但因为没遇见过什么坎坷，倒也不怎么害怕。第一天她就跟着父亲出去拜访人家，也是那一天，她认识了李风辞。

十几岁的李风辞已经是个翩翩少年的模样了，他那时便生得好看，由于尚未参军，身上还没带上后来被杀伐浸染出来的冷厉。少年时的李风辞很有些温柔清贵的公子范儿，一双眼往这儿一望，便

是脉脉含情的温柔模样。

彼时顾影疏懵懵懂懂，身边没有伙伴，听见父亲说自己可以多和风辞哥哥玩，屁颠屁颠就成了李风辞的小跟班。而后，她慢慢长大，再看李风辞，味道就有些变了。

情窦初开的少女，面对一起长大的少年，尤其对方又这么优秀，难免要动心的。

再后来，就是李风辞参军打仗，进了军营。

而她再找他，地点就从他家换成了军部。

顾影疏从小便受宠，怎么闹都有人惯着，她不知道李风辞为什么烦她，但不论如何，那对她也没什么影响。他躲她，她去找就是了。

抱着这样的小心思，顾影疏三天两头来军部。后来有一天，她在军部见到了一个人。军部众人对她熟得很，三言两语就对她交代清楚燕斜风。起初她也没在意，只知道燕斜风是李风辞身边的人，她同他说得最多的一句话就是“风辞哥哥在吗”，而除了这句之外，就是“风辞哥哥又不在吗”。

若没有那个意外，恐怕她到现在都还没变，还做着那些乱七八糟不现实的梦。

那事儿发生在一个冬天。

东北的冬天很冷，泼水成冰，地上的雪积得能有半人高。

当天李风辞心情不好，偏生她遇见了好玩的事情，想讲给他听。她叽叽喳喳对着他念了许久，他不耐烦也不想听，吼了她几句。她一愣，鼻涕眼泪齐齐涌出来，哭得惊天动地，连带着燕斜风在内的几个小兵都被她吓着了。

李风辞则不然，他晓得她爱哭，安慰她之余还有些烦躁。可她没有自觉，兀自打着哭嗝，还沉浸在被喜欢的人凶了的悲伤里。

其实后来想想，她当时哭得那么伤心，也未必就是因为他那一吼。更多的可能是她意识到了这个人真的不喜欢她，也因为他不喜欢她，所以才会这样不好好对她，才会在她想逗他开心的时候动怒，听也不听，只觉得她烦。

情绪和失望都是累积起来的。

可军部不是什么好玩的地方，哪能让一个小丫头在这里捣乱？

李风辞忍着怒意把她带了出去，好言好语地哄她，但她还是生气，她狠狠甩开他的手，大发了一顿脾气。李风辞本就不是性格柔软的人，尤其对她，更是不想多忍，当下掉头就走。她见状，又想留住他，又不愿开口，索性站在原地狠狠跺脚，自顾自地闹了起来。

说来，那天的风雪真是大。

军部外边的小树林很冷，顾影疏埋着头走，自己都不晓得怎么就走到了这里。等她再发现，天都快黑了。

她当时生气上火，胆子被火气激得极大，竟也不往回走，反而走进了边上的小楼想避避风。她心思简单，觉得时间也过去些了，天又晚，自己这一走，李风辞肯定是要来找的。

可她走进去就后悔了。

这小楼是废弃的，门关不上，里面很暗，她正想出去，就被外边的狂风拍了一脸雪。她心一横，咬着牙就上了二楼。

可二楼很乱，地上横着许多破旧的家具杂物，她越看越怕，越怕越慌，竟也忘记了下楼，反而翻过那堆杂物，走到了阳台上。

但就像她没想到屋子里这么破旧，她也没料到阳台外边的栏杆是断的。恰时，林子里传来乌鸦的叫声，她一愣，踉跄几步。

阳台上有一层薄薄的积雪，地上的碎物又多，她脚步不稳，被东西一绊就往外滑去——

"啊！"

临危之际，她抓住阳台上的一根杆子。

那杆子很冰，冰得她的手指都疼。她回头往下看，心想这儿不过二楼，若下面是雪地，她就跳下去。但很不巧，这里靠里面，下边堆着许多废弃的家具，那些个尖尖角角的，单看着都吓人。

她不敢放手也不敢扑腾，就怕一个意外自己就摔下去。她怕得想哭，雪落在她脸上，混着眼泪融化了流进她的脖子里。她很冷，也很害怕，几乎就要抓不住了。

2.

不早不晚，燕斜风就是这个时候出现的。

他打着手电筒顺着脚印寻过来，大老远就看见吊在这里的小姑娘。

“顾小姐？”燕斜风三步并作两步跑过来，“你怎么在那儿？”

“我、我……”

顾影疏听见声音，低头却看不清人，她的嘴唇被冻得发紫，整个人摇摇欲坠的。

燕斜风见她这样也不废话，他把手电筒一搁就跑到她下面：“你还撑得住吗？”问完又觉得自己说的是废话，“这里不高，你松手，我接住你！”

顾影疏哭着问他：“你、你真能接得住吗？”

“顾小姐你信我，我必然接住你！”

顾影疏尝试着松手，可她的手不听使唤：“我不敢……”

燕斜风也着急，他想了想：“那你再撑一会儿，我上楼把你拉进……”

他的话还没说完，几只老鼠就从阳台上跑过，顾影疏看不清那是什么，只见眼前黑影一闪，她心下一惊，大叫一声就松了手——

“啊！”

还没感受到下落的惶恐，下一秒，她就被人稳稳接住，落在一个怀抱里。

顾影疏的心跳得很快，抬头，眼前是一张熟悉的脸。

燕斜风松了一口气把她放下，她却依然搂着人的脖子不松开。

他无奈地扯下她的手：“吓着了？”

她怔怔地看着他，傻了似的。

燕斜风的声音很轻，他的手也让她很有安全感。

他说：“好了，不害怕了。”

“嗯。”顾影疏低低地应了一声，她的脸上还带着泪痕，风一吹，又冰又刺。

她胡乱抹一把脸：“谢谢……”

顾影疏在道谢的时候才发现自己竟然不知道他的名字。

“你叫什么呀？”她小声地问他。

眼前的小姑娘分明是无措极了也害怕极了，连声音都在发抖，却依然记得向他道谢，实在是很可爱。

他笑了笑：“我叫燕斜风。”

“你的名字里也有一个‘风’字？”顾影疏抬头，紧张兮兮地问，“那、那我以后叫你‘小风哥哥’好不好？”

燕斜风颔首。

顾影疏的眼泪还没擦干，在得到他的应允之后，就这么笑出来。

“谢谢小风哥哥。”

回到十二年前，在梦里，燕斜风又救了她一次。

睡眠中，顾影疏轻笑出声。

“谢谢……小风哥哥。”

第四章

顾影疏的小心事

1.

在上海时由于被人盯着，他们过得如履薄冰，回了家且又没了事情，每个人都闲得很。

这闲着闲着，大家伙儿就开始八卦起来。

在摊子上吸着面，老五腾出一只手拍在燕斜风的肩膀上。

“小疯子，你老实说，”老五声音含糊，“你这三天两头的和顾小姐往外跑，你们是不是有什么事儿了吧？”

燕斜风夹面的手微微顿住：“我们能有什么事？”

当顾影疏走到面摊边上时，她听见的就是这么一句。

老五要么埋头吃面，要么专心八卦，也没注意边上来了人。

他从面条上移开眼睛，下一瞬就目不斜视地望向燕斜风：“别装了，感情的事儿哪瞒得住？上将眼下不一样了，也不看别的女人，也不出去快活，每日除了忙公务就是找慕小姐，连顾中校那边都说了个清清楚楚。”老五一抹嘴，“上将和顾小姐的婚事可是解除了的，可顾小姐还每日往军部跑……啧，你说咱以前怎么就没发现呢？顾小姐哪是来找上将的，人家分明就是找你小子啊！”

燕斜风停了停。

他心下一动，又不敢多想，生怕是自己自作多情。他怕将假的当了真，将虚的认作现实，真迈开腿走向另一个方向，末了发现是错的，会连朋友这个名义都保不住。

“别多想，顾小姐……”他定了定，“顾小姐只是无聊而已。”

“无聊？”老五抬头嗤道，“谁……”

听闻这道女声，他的话噎在了嗓子眼儿。

“谁什么？”

燕斜风身后，顾影疏比了个手势不许老五说出自己在这儿。老五咕“咚咽”了口水，干巴巴地笑着继续说下去：“谁、谁没事儿来军部玩呢？”

“说不准是习惯呢？”燕斜风挑了一筷子面，若无其事道，“你也不是不知道，顾小姐从十几岁开始就三天两头来军部找上将。没

准儿是多年养成的习惯一时半会儿改不掉，这才闹出这些误会。”

老五眼观鼻鼻观心地安静吃面。

这些话没说服旁人，倒是说服了他自己。燕斜风自嘲似的：“顾小姐心里存着上将这么多年，她看起来是个软软弱弱的小姑娘，其实性格里也有几分豪爽硬气。你说，她看中一个人，哪那么容易变？哪那么好改？她便是现在来找我，也和找上将的意思不一样……”

小疯子你可别说了，再说下去，顾小姐的脸都要黑成锅底了。老五目不忍视，脑袋几乎要埋进面碗里。

偏偏这时候燕斜风把他扒出来：“你做什么？”

“没、没做什么。”

燕斜风看他这表情觉得好笑：“不就吃个面吗，你心虚什么呢？”

老五在心里叫苦不迭，万幸顾影疏走了过来。

“他不是心虚，是看见我了。”

顾影疏把提包往桌上一放，老五见眼前两个人开始对视，抓住时间踮着脚立马溜走了。

2.

燕斜风没想到顾影疏会忽然出现，他愣了愣：“你什么时候来的？”

“在老五问你我们是不是有什么的时候。”

现下临近傍晚，外边凉风习习，可燕斜风觉得很热，顷刻便出了一身汗。

“我……”他支支吾吾，好半天都没说出来话，“你站那么久累不累，要不要点一碗凉茶？”

好不容易燕斜风才找到了话头，顾影疏却完全不搭茬儿。

她就那么盯着他看，盯得人浑身发毛。

燕斜风这会儿面也吃不下了，脑子也乱，一时间什么也想不起来，只知道对着顾影疏发呆。

“小风哥哥。”

她这一声总算是把燕斜风的意识唤清醒了一些。

想到先前老五说的话，燕斜风在桌子下直搓裤腿。

他连忙同她解释：“其实你也不用为那些话不开心，队里近段时间很闲，总爱传一些不靠谱的话。我下回同他们说说，叫他们不要再多嘴了……”

“不靠谱的话？怎么就不靠谱了？”顾影疏咬着牙一拍桌子。

这小摊的东西都有些旧了，桌子也糙，顾影疏没留神，手心里扎进去根木刺。

“嘶……”

她原是在生气的，被这么一刺，她的气势瞬间就弱下来，只顾着疼得捧着手掌吹气。

“怎么了？”燕斜风也顾不得别的，抓过她的手，“你别乱动，这根刺有些深，我帮你弄出来。”

顾影疏正想和人发脾气，结果遇见这么一遭，她不止不能骂人，还得乖乖坐在这儿摊着手给他。哪儿来的这种事情？

一身刚刚奓起的毛被迫又顺回去，顾影疏心不甘情不愿地鼓着脸，眼睛却诚实得很，一直黏在燕斜风的身上，半刻也不离开。

此时，燕斜风正专注地给顾影疏挑木刺。

他的动作很轻，还间歇性给她吹吹，生怕弄疼了她。很奇妙，顾影疏看着看着，心就平静下来，脾气也不想发了，嘴角也有了弧度。

感情是禁不起对比的，譬如她年少时总爱追着李风辞，现在想来也就是一时的向往，还真算不得什么喜欢。

而她能够想明白，全是因为燕斜风。

其实顾影疏并不那么反对娃娃亲，若是没有燕斜风，她嫁给李风辞也不是不可以。可她遇见了燕斜风，明白了什么是心动，什么是喜欢，什么是揪心，什么是恨不得时时刻刻跟在对方身边，怎么都不想离开……

体会到这些之后，顾影疏觉得她再不可能勉强自己接受与其他人的婚事。于是她同李风辞商量着，怎么才能正式一些告知家里，推了那门娃娃亲。

她想，我喜欢一个人，就是要和他长长久久在一起的，除他之外，任何人都不能占着我给他留的那份长久，谁也不能去碰他的位置。

那个人只能是燕斜风。

顾影疏边想，边又委屈起来。

她都做得这么明显了，可他怎么还不知道呢？

或者，他是不是一直知道，只是装不知道？他是不是根本不喜欢她？

“怎么还哭了？真的这么疼？”

燕斜风挑完刺，正想和她说“好了”，就看见她泪眼汪汪地望着自己。

他慌了慌：“不哭不哭，是我下手重了，对不……”

“不是这个。”顾影疏吸着鼻子，“小风哥哥，你是不是一点都不喜欢我？”

“我……”

“我每日来军部找你，这意思再明显不过，谁都看出来了……我晓得你不解风情，你看不出我也不怪你。但现在，他们都同你说了，你还是不愿去看。”顾影疏抹脸的力气很大，她抹得眼角通红，“你是不是故意的？你不是不知道，只是不想承认……”

顾影疏越说越难过：“你就是不喜欢我！”

燕斜风被激得耳朵都红了：“不是，我没有，我喜欢你。”

仿佛全世界都安静了，时间在这一瞬被无限拉长。

他收声收得突然，说完才意识到自己讲了什么，一时间坐立不安。可顾影疏不依不饶：“你骗我，你说的不是真的，你就是哄我……”

燕斜风叹一口气。

原以为被激出真心话已经是极限了，没料到这个小丫头还这么揪着不放。燕斜风觉得无奈，可在无奈之余，他想起顾影疏的那些话，心底便又泛起些甜来。

那些甜是从一个口子里冒出来的，她方才那一番话像是软玉片成的小刀，在风里轻轻一割，便将空气划开，继而冒出许多小气泡。那些气泡或大或小，每一个都带着他的真心，都是他在渴求她却以为自己没指望得到时藏住的。

现在它们被放出来，因她的一句话被放出来，又叫人欣喜，又叫人措手不及。

燕斜风的声音发沉：“我不骗你。”

“那你……”

“我是真害怕你因为那些传言不开心。”燕斜风有许多话想说，可在看见她可怜兮兮的眼泪时，又把话全都吞进了肚子里。

她实在是太过可爱，可爱得让他都语塞。

而所有的话，也就都变成了不重要和不必说的。

他唯一想说的，也是他唯一对她说的，只是一句："我是真的喜欢你。"

"真的？"顾影疏拿湿漉漉的眼睛望他。

燕斜风点头，是十二万分的专注和认真："真的。"

"那你是个傻子吗？你喜欢我为什么不和我说？你不和我说，我怎么答应你？"

顾影疏捶在他的肩膀上，看着用力，实际上却和小猫抓痒似的，打得一点儿不疼，反而还让人挺舒服。

燕斜风没想到她会问他这么一句。

是啊，他为什么不说呢？他不想说吗？他是心甘情愿地把她推向李风辞的吗？

当然不是，不可能是。

有那么一刹那，燕斜风恨不得把自己这些年藏住的心事全说给她听。

他想告诉她，他也会害怕，会担心，可组织了半晌的言语，临说出口又觉得没有必要。她不需要知道他这些年望着她时有多难过，不需要知道他是怎么压抑着感情待在她的身边，不需要知道他是用什么样的心情在给她和李风辞制造机会。

她只要知道他喜欢她就好。

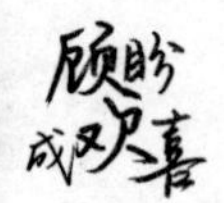

“我真是个傻子，一直没告诉你，害你这么生气。”燕斜风嘴上道着歉，笑得倒是比任何时候都灿烂，“我错了。”

“你本来就错了。”

“嗯，本来就错了。”

抹了一手的眼泪，顾影疏有些恼自己。她有点儿害羞，又不想承认，只能翻着倍挑燕斜风的毛病，试图把自己的尴尬遮掩过去。

“若我今天不这么说，你还不晓得要气我多久，你这是错上加错。”

燕斜风痛心疾首道：“对，我简直不是个东西。”

“不行，不许你这么说。”顾影疏哼哼唧唧，“你明知道我喜欢你，你这么说，就是打我的脸。”

小丫头闹别扭的时候总会不自觉地玩手，几根指头在一起绕来绕去。燕斜风知道，只是没点破。他对她了解得很，也因为这样，总是无可奈何。

说到底，他乐意宠着她，乐意看她闹脾气，乐意哄着她。

他是真的喜欢她。

今儿个是个晴夜。

夜里的星星很多，新月如钩，边上有薄云飘来，它亮得朦朦胧胧的。

很好看。

被燕斜风牵着走在回家的路上，顾影疏偷偷看他，正好捕捉到他唇边的一抹笑。下一刻，手上的力道紧了紧，燕斜风转头，先是大方地让嘴角的弧度弯得更深，继而又不好意思似的挠了挠头，握住她的力道也放松了些。

顾影疏咬了嘴唇回握过去，燕斜风微愣，很快明白了她的意思，再次将她牵紧。

说明白的感觉真好呀。

夜幕下，顾影疏眉眼弯弯地踩在星光月光上。

虽说她早讲过自己长大了，不能再随便哭了，可今日哭得真值。若早知会是如此，她便该早早到他面前哭一场，哭得天崩地裂，一次不行，她就天天来哭。这样的话，他们怕是早能牵手了。

顾影疏得寸进尺，在心里默默想，真是亏了呀。

3.

这大概是顾影疏最不愿回家的一天，好在燕斜风同她说明个儿军部无事，下午早些回来，晚上给她做好吃的，这才安抚好她。

虽说不情不愿，但顾影疏回家之后还是笑嘻嘻地扑进顾夫人的怀里。

她撒娇打滚好一会儿，将顾夫人拖进自己的房间。

“怎么了？”顾夫人掂掂她的下巴。

顾影疏说得很慢，话里话外都是化不开的黏腻：“我呀，就是觉得，我好像可以告诉您那个人是谁了。”

“哟。”顾夫人一挑眉，“你们成了？”

顾影疏低着头笑，她轻轻一颔首。

“他叫燕斜风，您知道吗？小风哥哥长得好看，人也好，本事也大，而且他说他也喜欢我。对了，您记不记得前几年辽东那一场仗？他当时可是受了重伤呢……”

顾影疏原先说得眉飞色舞，却在讲到他的伤时露出心疼的表情。

顾夫人就这么听着。

她摸着小女儿的头，望着靠在自己怀里的小女儿，笑得格外温柔。她总觉得顾影疏还是个小姑娘，可不知不觉，小姑娘也长这么大了，都会去喜欢人、心疼人了。

说起顾影疏，她生来就是个欢脱的性子，打小心里就藏不住事儿。她有了在意的人，这一点，顾夫人怕是比她还要早发觉。在发觉之后，她也曾经担心，偷摸着让人调查过。

顾影疏可能不会晓得，顾夫人说着不知她心上人是谁，其实比谁都还要清楚。

顾夫人早就查过燕斜风，也早就摸清了他们之间的关系。她了解女儿、担心女儿、怕女儿被骗，甚至还同丈夫商量过这件事儿。

他们讨论，说顾影疏年纪还小，会不会识人不清，要不要干预他们。

但讨论来讨论去，他们什么也没做。

最后，他们都选择尊重女儿。

事实证明，燕斜风没什么不好的，尤其顾影疏喜欢他，他们便更什么好说的了。

这个世界上，没有什么人比他们更希望顾影疏过得幸福。只是，除了顾影疏本人之外，就算他们是她的父母，也不能全然保证什么才是她最想要的幸福。

既然如此，还不如就让她自己来选，他们只要在她身后挑出那些不好的东西，让她一路能走得更安全一些。

顾夫人用手梳理着小女儿的头发，听她讲他们的故事，心道，看她这副模样，还真是喜欢极了那小子。

“你可不能让他知道你这么喜欢他。”顾夫人终究没忍住，“否则，你被他拿捏住了可怎么好？”

“拿捏？不会的！”顾影疏不假思索道，“小风哥哥也很喜欢我，不比我少呢，我能感觉到。那些喜欢像是有实质，清楚分明地摆在我面前，我一眼就能看得见。”

顾夫人看她自信满满的样子，忍不住笑了出来。

“这么确定？”

“其实我一直确定。”顾影疏说着吐吐舌头，目光闪烁，“我能感觉到，只是他一直不说，我今儿个、今儿个……用了些小技巧，才让他把话说出来。”

顾夫人听得逗趣：“我们姑娘还会用小技巧了？”

顾影疏脸上一红：“我其实很厉害的。尤其是对小风哥哥，他从不会怀疑我。就算我的陷阱做得再明显，他也会好好跳进来，跳完以后，还得和我笑笑，问我这个陷阱挖得辛不辛苦，下次不用这么费神。”她有些得意又有些懊恼，“我这样是不是不好？”

顾夫人摸摸她的头：“只要你喜欢他，没想害他，这些小技巧就没什么不好。”

“嗯，我也这么想。”顾影疏窝在顾夫人怀里打了个呵欠，“妈，等我们再好一点儿……不是说我们现在不好，其实我们已经很好了。我是说，再好一点儿，我就带他来家里，行不行呀？”

“行。”顾夫人微微笑，“那我现在能和你爸说了吗？”

“不能，我要自己去和爸说，我要给他一个惊喜……”

顾影疏今天闹得累了，晚上又讲了这么许久，一时没撑住，就这么靠在顾夫人的怀里睡了起来。她强撑着要睁眼，一个字一个字地往外蹦：“您说不清楚，小风哥哥可好了，我要自己去和爸说，我才能说清楚……”

“好好好，你才能说清楚。”

顾影疏带着笑睡过去，书桌上，有一个笔记本被风翻开。

本子很厚，记录了她满满的心事。

这个呆子真是要气死我！我受不住了，受不了这个委屈。我明天就要去同他说，也是，算算时候也差不多了。我必须告诉他我喜欢他，哪怕他不喜欢我，哪怕他不让我喜欢，我也还是要喜欢他。

顾夫人原本是想过去把本子合上，可她看见这一页，不自觉便笑出了声。

说什么自己十分确定，说什么用了小技巧，还不是会有不安？连着这么多页都在反反复复，想告诉他又不想告诉。

顾夫人一页页往前翻，这丫头实在是个小女孩，还偏喜欢装大人。她看得不时失笑，直到看见本子里靠前的一段。

今儿个煜欢问我为什么不喜欢李风辞，说他是上将，说他身手好，还有名，问我怎的偏偏喜欢小风哥哥？怎么说呢？李风辞那个人呀，说起来也不是不好，只是我既认识了小风哥哥，再看他，便总不自觉要将两人比较一番。我同她说，你不知道，我的小风哥哥，他也是拿枪的，很有能耐，比李风辞好多了。他在我面前会害羞，还会给我做皮冻。

小风哥哥还以为我不知道呢，我说想吃皮冻，他就会在天还没亮的时候去菜场买最新鲜的肉，熬一个上午，沉一个中午，再放一

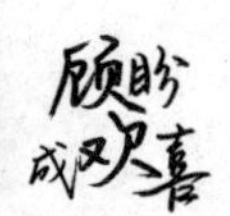

个下午把它冻上。到了晚上，他会把皮冻切成小块，每一块都是正好的一口。然后他调好酱汁，拌好它们，把那一小碗端到我面前。明明是精心准备的，他却非要和我说是熬汤顺便做的，要我不要嫌弃。

顾夫人看着那些字，几乎都能想象得出，顾影疏眉眼带笑地写下它们的样子。

你瞧，我喜欢的小风哥哥这么好，我都见过他了，哪还会觉得旁人有什么可心动的？我从前以为最动人的便是风花雪月，遇见他之后才知道，这世上没有一件东西能抵得过他端到我面前的那碗凉拌皮冻。

她的笔迹到这个地方一顿。

若有，那就是他端上的另外一碗。

看到这里，顾夫人合上了本子。她回头，见顾影疏睡得香甜，心下也生出些许欣慰。

她的小丫头，果然是长大了，是真长大了啊。

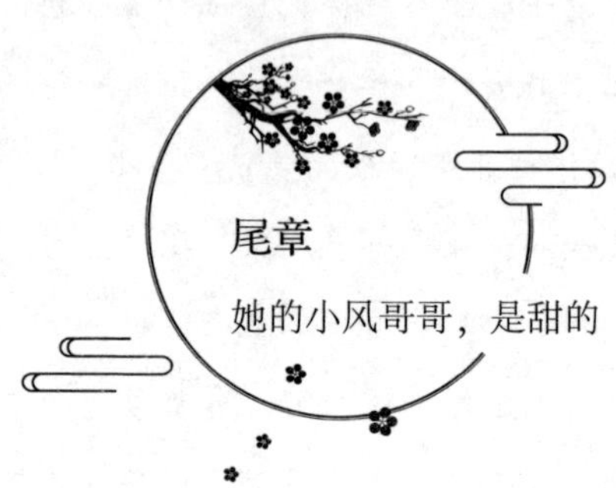

尾章 她的小风哥哥，是甜的

古时候的七夕是乞巧节，要为牛庆生，要拜织女、拜魁星。现在却没了那么多讲究，街上热热闹闹，都是单纯过节的人。

顾影疏抱着一包巧果吃得开心。

走在人群里，她看看这里，摸摸那里，对什么都新奇。这份新奇不是因为没过过七夕，而是因为这是第一次，她心里的人在七夕时候陪在她的身边。

“小风哥哥，你不吃吗？”顾影疏抓起一个巧果给他。

燕斜风浅笑：“你吃就好。”

“可我想要你和我一起吃，你是不是觉得太甜了？要不我给你换一个……”

顾影疏作势就要低头找，燕斜风却拦住，就着她的手把那个小果吃进去。

“不用这么麻烦，你给我什么我都喜欢。”

顾影疏有些得意，她掩饰似的哼了一声，脚却踮了踮，尾音也扬起来打了个转儿，最后落在一声笑里。

“欸，那边是什么？好多人。”

燕斜风在人流里牵着她：“过去看看？”

“嗯！”顾影疏跟在燕斜风身后。

他为她破开人群，挡在她的身前，她这一路走得极为顺畅，半个挤着她的人都没有。

“呀，是写愿望抛上树的活动。”

顾影疏站在树下，看着树前的人拼命地把写了字的红绸往树上扔，边上许多叫好的，但在有人没扔上去时，大伙儿也会毫不留情地笑出声。

她兴冲冲地指着枝干回过头：“小风哥哥，我写一个，你帮我扔到最高的那一根树枝上好不好？”

“好。”

燕斜风给她拿了笔：“要写什么？”

顾影疏接过，毫不犹豫地就在红绸上写起来。

她说：“我要写你！”

顾影疏弯着眼睛，她写得认真，声音里满是雀跃：“我喜欢你，想和你长长久久在一起。所谓长久，倘若我是神仙，那便是生生世世，可没办法，我不是，所以，我便只求这一生一世了。”

红绸上的字迹娟秀，写的是“顾影疏要和燕斜风一生一世在一起”。

他看一眼，笑了笑，执起她刚刚落下的笔，悠悠闲闲地改了两个字。

“既然想的是生生世世，那么便写上生生世世，有了最好，没有也不亏。”

顾影疏怀里抱着巧果，心里却比吃了巧果还甜。

她乐了许久，“哎呀”一声：“这么贪心，菩萨会不会不答应我？”

“感情是两个人的事儿，要菩萨答应做什么？”燕斜风凑近她，“我答应你不就好了。”

顾影疏故作严肃地点头：“说的也是。”

“快扔快扔，扔到最高那一根树枝上！”严肃不过几秒，顾影疏就推着燕斜风来到树下，她目标明确地指向顶上，“那根，小风哥哥你看见了吗？就那一根！”

“嗯。”

燕斜风将红绸的两端分别绑在捡来的小树枝上，他退远几步，

猛然一扔——

周围静了一瞬，随即爆发出阵阵叫好声！

“好！”

“厉害啊，小伙子！”

“这该是今晚扔得最高的红绸了吧？”

每个人都望着燕斜风拍手称赞，燕斜风却谁的话也不理，只笑着回头，转向顾影疏。

月下枝影摇曳，周边人山人海，无数的红绸随风晃着，他的眼里却只有她一个人。

顾影疏小步跳着上前，环住他的脖颈——

长街喧闹，她的声音很轻，可是万千纷杂里，他独独听见了她的话。

她问他：“我们的愿望是挂得最高的，所以也最有可能实现，是不是？”

燕斜风回抱住她。

他应得简单却坚定，仿佛是在佛前虔诚地焚香许诺。

他说：“一定会实现。”

一定会实现，他们的长长久久，他们的生生世世。

卷四·醒时欢
等以后你若再上房揭瓦，
一定记得找我，我帮你扶梯子。

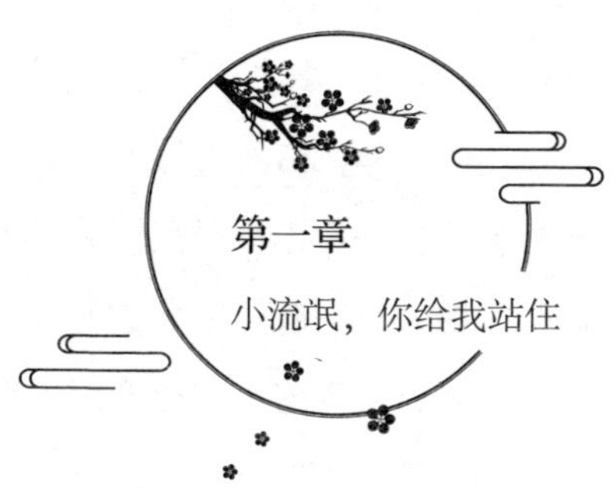

第一章

小流氓，你给我站住

1.

洛煜欢第一次见到叶醒，是在出了武馆拐个弯后的街道上。

当时她提着断成两截的软鞭要去找兵器铺老板的麻烦，一手一截，边走边掂量着手里的断鞭，嘴里骂骂咧咧。她咬着牙，声量不大，与她擦肩的人隐约能听见一句“王老头，你敢拿这种次品骗我，我看你这生意是不想做了”。

行人侧目，只见边上的姑娘身材高挑，长相秀丽，一身黑衣勾勒出的身段极为诱人，只可惜那张脸上的表情实在太冷，明明白白写着不好招惹。路人看一眼就回过头，甚至还往边上退了两步，生怕与她挨近会蹭来什么麻烦。

有风吹开洛煜欢的外套,她此时正上火,风灌进怀里也不觉得冷,反而还顺势把袖子也撸上去，像是要去和人干架一样。

现下刚刚开春，正逢倒春寒，温度比冬天还低，天黑下来也快得很。寒风在街巷里撞来撞去，撞出刺耳恐怖的声音。

可洛煜欢不怕这些，她大步向前，走出了个人挡杀人、佛挡杀佛的架势。不巧，一个转弯有人也这么冲撞过来。那是个男人，看着瘦小，力气却大，撞得她都往后退了一步。

“你没长眼睛啊，走路不看路？”

洛煜欢满腹火气，可惜她刚刚骂出一句就看见那个男人颤颤巍巍地指着身后：“抢……抢劫，有人抢劫！”

“什么？”洛煜欢顺着他的指向望去，当真看见一个人影朝这边追过来。

她一嗤，不再计较，还将人护着往后边推：“你先走，我帮你挡着！”说完就朝着来人走去。

叶醒跑了许久，一路上吸进太多冷风，刺得他肺都发疼，但好在是要追上了。眼见着人就在眼前，他马上就能把人抓到，他正想再提口气，后衣领子就被扯住了。

“往哪儿跑？”洛煜欢把人一拎,抵在墙上,“小流氓学什么不好,学人抢钱？”

叶醒的脸蹭在粗糙的墙面上，鼻间全是墙上青苔的味道。他的

衣服很紧，又被人扯着领口，一时只觉得脖子上勒得慌，加之先前跑了那么久，他使劲儿喘气。

“你有毛病？”叶醒挣扎着回头，这才发现抓着他的是个姑娘。

他自知不便和女子动手，只想挣开她的钳制，可她的力气很大，抓得又紧，根本掰不开。

“还想溜？”洛煜欢动作敏捷地把人按住，反手一剪，电光石火间将他牢牢锁在墙角。

她的动作又快又狠，半点不留情，钳住叶醒双手的时候都能听见骨头的脆响。

“嘶！”叶醒被这莫名其妙的一闹整得头发丝都在冒火，“你给我松开！”

“你个小瘪三，当街抢钱态度还挺嚣张？”洛煜欢单手按住人，另一只手上缠着的断鞭一甩，“啪”的一声抽在墙上，“走，跟我去警局！”

叶醒的耳朵、脖子、脸都气得通红，他喘着笑了几声，当真被她气着。

“小瘪三？我抢劫？你是不是疯了？那个人，你放走的那个，他是个小偷！”

“什么小偷？”洛煜欢一愣，手上的力气放松了些。

叶醒趁机一挣，从她手下脱身出来。真是晦气，他暗啐一口。

捂着被扭疼了的胳膊，叶醒恨恨地望着洛煜欢：“我说你这人是不是哪里不正常？管不好事情别瞎管！还以为自己多英武多厉害呢？那小贼被你放走了，你说现在怎么办？你是不是猪脑子？”

“你说谁猪脑子？”

洛煜欢先前被他的话弄得有些心虚，一时恍惚，也不知该信哪个，故而愣怔了些，但也不觉得自己能任他说什么就是什么。尤其她今儿个本就遇了事儿，心底攒着团火，他后边的话骂出来更是如同火上浇油。

她一时也懒得再管那些道理，拎着鞭子就往脚边抽，抽完拿手指他：“你再给我说一句试试！”

“吓唬谁呢，小丫头？”叶醒一把拍开她的手。

“我说你没脑子就不要出来逞英雄，怎么，我说错了？”叶醒也是个不怕事的，他自认占理，挺着胸脯就往她那儿靠，“我也纳闷儿了，你到底是哪儿来的自信，善恶不分就敢在路上这么管闲事，我……”

洛煜欢话不多说，提起拳头就往他脸上抡。

叶醒也不是个吃素的，他反应极快侧脸一避，躲过了这一拳，可没想到她这一手是个假招儿！他往东面闪，肚子正撞在她踢来的腿上。那一下踢得很重，他一时间只觉得眼前漆黑，仿佛五脏六腑

都挪了个位置。

叶醒疼得单手撑地蹲下，喉咙里也漏出一声闷哼。

“不是挺能说的吗？继续说啊！”洛煜欢环着手臂弯了腰，她戳着叶醒的肩膀，“怎么不张嘴了？”

叶醒抬头恶狠狠地看她，满肚子的话想说，偏偏不晓得她是踢中了他哪块地方，叫他疼得连叫唤的力气都没有，只能蹲在原地哼哼，试图用眼神做刀杀她。

见他成了这样，洛煜欢正爽快着，突然小巷另一头传来脚步声。

她后退几步往声音来处看，这一看就惊了惊。

“小师妹？”

2.

来人裹着个小斗篷，镶了一圈狐狸毛的帽子好好戴在头上，她的怀里揣着个镏金的暖炉，大抵是跑得急了，眼里含了一汪泪，尖尖的小脸被冻得煞白。

“师、师姐……”

来人喘着气，喉咙里因为灌了风不停地咳嗽。

洛煜欢连忙给她顺气：“你慢点儿，怎么回事，你这么着急做什么？”

小姑娘名叫唐书念，说是武馆的小师妹，其实也就是挂了个名头。

事实上，她是邻省唐家的五小姐。她自幼身子就弱，算命的说她十六岁这年有个劫，要找个地方避一避才能把她身上的病气冲了去。而论起这地方，需要阳气重、能挡煞，唐家想来想去，便寻到了这洛家武馆。

“师姐，他怎么了？”

洛煜欢顺着小师妹的指向往地上看，她的眼神里有些轻蔑：“没怎么，是个小贼，师妹你别多管。”

由于家境的缘故，洛煜欢很少见到这样的女娃娃，娇小柔弱、性子也软，一看就好欺负。在见唐书念的第一面时，洛煜欢就想，自己作为师姐，该要去保护她，所以平日里总对她宠着护着。

武馆本就是男多女少的地方，洛煜欢对唐书念又照顾，久而久之，她自然而然便成了这位小师妹最亲近的人。

“嘶……你说谁是贼呢？”

叶醒好不容易缓过来些，抬头就想继续驳她。

洛煜欢也来劲儿了，她看他恢复了力气，扯了袖子就逼过去：“怎么，不服气？要继续打吗？来来来，你倒是给我起……”

唐书念见状，忙扯了洛煜欢的衣角。

“师姐！”她急得口齿都模糊了，“不是，是误会！”说完，她立马蹲到叶醒身边，“你还好吗？”

叶醒先前恼火，倒是没注意来人，眼下唐书念凑近，他这才看

清是谁。

“是你啊。”他一怔，“不好意思，没追上，让那个人给跑了。”

“不不，是我不好，我弄错了。”唐书念歉疚道，“对不起，我的镯子放在包里，没被偷走，那个人……那个人怕真是自己买的。”

原来唐书念下午出门时以为在老银楼前边落了个镯子，她一时心急，寻了许久都没找见。正巧这时候楼里出来一个人，他捧着个镯子面露喜色，可在被人看见时，又着急忙慌地收进口袋。

这一幕正巧被唐书念看见。

没有花纹的银镯子本就不好分辨，加上她当下着急，拽着男人就要看他口袋里的东西。男人也是莫名其妙，防备地捂着口袋不肯给她看。

再之后，她便遇见了叶醒。

听完唐书念的话，叶醒顿住，许久才不可思议似的号了一声："那他跑什么呀？"

“废话，就你这模样，不知道的谁不跑啊？说不准那男人还真当是抢劫呢。”洛煜欢站在边上说风凉话。

叶醒咬得自己牙花了都疼，他 下子站起来："我寻思谁说这番话都中，但你这是什么意思？你就好到哪儿去了？上来就不分青

红皂白地对人动手。是，你厉害，但你的厉害就是乱对见义勇为的人实施暴力？”

“你……”

洛煜欢想吵回去，但顾忌着师妹的事儿在这，算一算，她也确实理亏。

她只是脾气不好，但还不至于不辨是非，深呼吸了几口气，她一拱手：“今日的事情算我对不住你，也多谢你对我师妹的见义勇为。”她摸出几个硬币，“常言道，不打不相识，这个就当请你喝酒了。”

叶醒目瞪口呆。

真是没看出来，原来她听得懂人话。

洛煜欢伸手举了许久，叶醒却只是干望着她不接。

她不耐烦地晃了晃手：“你倒是拿着啊！”

叶醒一愣接过硬币：“对对……”

很快他又回过神来：“不对，你叫我拿着就拿着？是，不打不相识这句话没错，但问题在于我们是对打的吗？你说打就能打，说停就停，怎么？你做错了事儿上下嘴皮子一碰说声道歉，我就得感恩戴德地接受了？这是哪儿来的理啊？法律条文是你家写的？”

眼见着两个人又要吵起来，唐书念心底着急，奈何身边两人都是不饶人的，一来一往，她有心也插不进去。

好不容易寻着个空隙，唐书念抱住洛煜欢的手：“师姐，是我不好……”

“这事儿和你没关系。”洛煜欢拍拍她的肩膀。

“对，小姑娘，摊上这么个师姐算你倒霉，可这倒霉事你也不必老往自个儿身上揽。”叶醒笑嘻嘻地对唐书念道。

“你说谁倒霉呢？”

叶醒也是脾气一上来什么话都往外冒的主儿：“说你师妹认识你就是倒霉，怎么了？”

“你……”

唐书念抱紧了洛煜欢，声音轻软道：“师姐！”

“我算是看明白了，小师妹平时没少为这个师姐担心吧？”叶醒抛着硬币玩儿，“罢了，看在你的面子上，我不和你这师姐继续吵了。这夜深路黑的，小师妹也早些回去吧。你和你师姐不一样，你是个女孩子，晚了在外边不安全。”

洛煜欢被这阴阳怪气的几句话激了一激：“你说谁不是女……”

“师姐，走了走了。”

唐书念拖着洛煜欢往回走，走到一半还不忘回头对叶醒笑了笑。

这事儿虽然是个误会，但叶醒想帮她是真的。

黑夜里，她的眼眸如星，闪烁流华：“今天真的谢谢你。”

她的声音如清泉一般，让他的火气霎时消了大半。

他正要回一句“不用”，不料洛煜欢转回来：“行了，我们回去。”

叶醒刚刚消下去的火气又升起来。

他翻着白眼冷哼一声。

这事儿虽然是个误会，但他和洛煜欢的梁子，却是真结下了。

3.

虽说闹了不愉快，但之后的日子，洛煜欢还是照样过。

她脾气大，忘性也大，不多久就把这一桩忘了个干净。若不是再见到叶醒，她还真就想不起那一天的事儿了。

这天，洛煜欢早起开门，带着武馆的师弟打了套拳就转去了新招来的弟子处。

她是大师姐，又是武德堂的堂主，按说新入门的小弟子不归她管，她过去也就是和人打个招呼，让新来的认个脸。照她的性格，话都不会多说几句，吃个茶的工夫就该回来。

偏偏这回出了意外。

武德堂的弟子们刚刚坐下休息就听见外头咋咋呼呼的声音——

“不好了，大师姐和人打起来了！”

“打起来了？怎么回事儿？”

来人兴奋道：“洪师父新招了一个小弟子，当众说他有资质，

是个习武的天才！但这话还没说完大师姐就进去了，洪师父特开心地又同大师姐这么说了一遍。你们猜怎么着？我和你们讲，大师姐那脸色当时就变了！她揪着小弟子，站上练武台就说比一场！”

“什么？大师姐要和新入门的比武？”最边上的少年抓一把瓜子就往外跑，“走走走，快去看个热闹！”

“快走，快走！”

里面的座位上有个老实孩子：“若是大师姐责问起来……”

“你傻啊！法不责众,咱们一个不留地过去,大师姐能说什么？”

老实孩子很快被说动，霎时，整个武德堂四散一空，全聚在了武智堂里。他们到底还是来晚了，此时的武智堂人挤人，全是看热闹的，可热闹也到了尾声。

武德堂的往前边问了一句：“这位师兄，借问一句，里面这是打完了？”

“那可不，我和你说……”

武德堂的人心急：“结果怎么样？”

被问话的人理所当然道：“自然是大师姐赢了。”

台上，洛煜欢擦一把汗，把毛巾往下一甩。

“都在那儿嘀嘀咕咕什么呢？不用练功了？”

叶醒站在她面前，微喘着望向她。

他是真没想到，“冤家路窄”这个词有一天会落在他们头上。叶醒在她转回来之前低了眼睛，暗暗咬牙，心道这儿可能是容不下他了。

他生在街巷，无人看养，吃着百家饭长大，打出生起就在混日子，而进武馆是他生平第一件想做的事儿。他为此努力了许久，因为这个理由被淘汰，他实在有些不甘心。

“天才算不上，但有两下子。”洛煜欢朝洪师父点点头，“资质还成。”

叶醒听见这话也不理她，她眯了眯眼睛，怎么，这是觉得大庭广众之下输给她没面子？她轻一勾唇，没空理会他的心情，只是甩了甩拳头。

跳下台去，洛煜欢接过洪师父递来的茶：“谢谢。”

“老夫识人向来都准。怎么，不骗你吧？”洪师父笑眯眯的。

洛煜欢微微低头：“您识人自然是准。”

在这个武馆里，洛煜欢说是大师姐，实际也是少东家。她的辈分高，本事大，按说是高洪师父一级的，可她敬洪师父有真本领，在他面前，总以晚辈自居。习武之人有些傲气实属正常，脾气不好也能理解，洛煜欢说来不好相处，但正如洪师父自己所说，他识人向来都准，他实在是很喜欢这个丫头。

“既然你也认可，那这孩子便直接收入武德堂吧。”

洛煜欢眉头一挑，本想反驳说“这么越级可不合规矩”。可她鬼使神差地回头看了一眼，正巧看见叶醒失神地站在那儿。他抿着嘴唇，双手垂在身侧，不晓得在想什么。她歪了歪头，放下茶杯又跑上去。

“喂，小子，”洛煜欢环住手臂，“若你真想留下，入我武德堂，以后便要记得遵规守矩。我不收徒弟，你跟着堂内弟子唤我一声师姐就是。当然，若你不愿意，我也不勉强，你现在就可以走了。”

留下？入堂？喊师姐？

叶醒一惊，抬头：“你愿意留我？”

她该不会是忘记那天的事儿了？

洛煜欢下巴一抬：“你是杀过人放过火，还是做过什么丧良心的事儿？我洛家武馆除却作奸犯科的小人不收，余者，凡有意愿，都可凭本事进来。这条就贴在门上，怎么，你进门是低着头的？”

“我……”

“你愿是不愿？”

“我自然愿意！”

洛煜欢点头：“很好。”

说完，她头也不回地转身离开，高长的马尾在空气里一甩，发尾擦在他的下巴上。

叶醒微顿，下意识地在下巴上摸了摸。他觉得有些痒。

“等等！”

洛煜欢回身：“又怎么了？”

叶醒不解，若不是故意为难，她为什么要和他比试呢？

“你先前为什么要和我比武？”

自然是因为能得洪师父夸赞的好苗子不多，她对此也有些好奇，只是她没耐心用其他方法察人，于她而言，最直观的就是打一架。但她懒得解释，也不觉得自己有必要解释。

是以，她轻嗤一声：“手痒。”说完便离开了。

洛煜欢这两个字引起下边一片哄笑，叶醒被晾在台上，他没想过她会是这么个回答，听得一愣。这时，他的心情已经转了三转，现在又是复杂，又是开心。

他到底是留下了。

叶醒抬头，正巧看见洛煜欢的身影消失在门外。

他的拳头握了又松，末了垂在身侧，唇边勾出个笑来。

“多谢师姐。”

第二章 你头发上掉了朵花儿

1.

那日叶醒在练武台上有多庆幸，现在在武德堂里就有多愤恨。

叶醒扎着马步，双臂分别悬着两个装满水的水桶。他咬着牙在门外看着堂内的人练拳，那些招招式式，他看了快三个月，几乎都要看会了，但洛煜欢就是不松口让他进门。

叶醒几乎要把牙给咬碎，他觉得自己有理由怀疑洛煜欢将他收入门下是为了整他。

时逢仲夏，天气多变，下午的时候外边就开始打雷。

洛煜欢出门瞟了一眼：“哟，手落下来了。”

长呼一口气，叶醒提气将手平举回原位。

“很好。”洛煜欢说完就关了门。

门内传来她的声音：“今日怕有暴雨，风也大，晚了路不好走。咱们提前一些下课，再练半个时辰就散。”

说完，她拍几下手：“听见了吗？”

“是！”

堂内的声音很响，叶醒的眼前却有些恍惚。

他来这儿磨了这么久，可不是为了提水桶。

天阴了下来，叶醒想起两个月前自己去找洛煜欢的那次。

叶醒进武馆就是想学武，当时，他满心以为进了武馆就能习武，不料却被安排扎了两个月的马步。他心底不快，忍耐许久，终于在一个傍晚去找了洛煜欢。

“我知道扎马步是必要的，可我从前就练过，就算你当那不作数，但我现在又扎了两个月。师姐，这一步我们是不是可以跳过了？”

那时，洛煜欢轻笑一声，随意半蹲了一下：“怎么，这就是你练完的结果？”

她拍着他的肩膀：“知不知道什么叫作心急吃不了热豆腐？小师弟，你这么着可不成。”

洛煜欢故意将动作放得绵软，好像他真是那样做的似的。

叶醒觉得羞恼，又懒得在这上面同她辩解：“就算我先前不标准，

那现在也……”

“现在？”洛煜欢吐掉了嘴里叼着的草根儿，“你以为自己现在就好了？没错，你是有进步，可那又怎么样？你走的都是野路子，论起基本功你能说清些什么？这玩意儿不练扎实了，很难进阶，招式套路教也是白教。”

说起练武，洛煜欢就像变了个人。

她认真道：“别以为我不知道你在想些什么，你觉得我故意为难你？我没那么幼稚。实话摆在这儿，我不喜欢你，即便是现在也不喜欢，但你有潜力，我愿意收你也正是看中你的潜力。你不必疑心些什么，若我想要整你，定然会明明白白地整，不会弄这些个阴的，我看不上，也用不着，还不痛快。”

叶醒被她呛住。

“还有事没事？如果没了就回去吧。”洛煜欢轻飘飘地道，“对了，若你真是心急，明日在手上多担两桶水，那样进步得快些。什么时候你的条件达到了，你便可以入堂，同你的师兄们一道了。”

那日之后，叶醒的手上便多吊了两桶水。

武德堂的师兄们都啧啧称奇，说这小师弟够拼的，只有洛煜欢不以为意，二十几天，看他还不如看堂内的茶盏多。

叶醒的衣衫被汗浸湿，额头上的汗甚至流到了眼睛里。

他的手臂微微有些发抖，说是提了一个月，但这样的强度，练得再久也不可能不感到疲累负担，也不可能习惯。他抿紧嘴唇，也闭上眼，他觉得自己练了许久，又或许只是因为难熬才显得时间很长。

当汗水顺着下巴滴落在地上的时候，他听见“吱呀”一响，是门开的声音。

叶醒睁开眼睛，正好对上洛煜欢的视线。

她半挽着衣袖，头发有些乱了，神态却总是飞扬的。师兄弟们从她身后走了出来，路过了他，又走出外边的大门，她却始终站在那儿与他对视。

“很好。”

洛煜欢缓步走下来，她在他手臂上拍了拍。

“瞧这天儿阴的，你也该回去了。”她语气平淡，“如你所愿，明日就进来吧。”

叶醒屏住呼吸：“明日？”

“是嫌太快了，还是不够快？”洛煜欢挑眉，“若觉得太快了，你可以多在门外待一待；若觉得不够快，你现在可以进去走一圈。”她望向门内，“不过大家都不在，我今儿也要歇了，你现在进去，除了能得到个仪式感，其实没多大意义。”

叶醒放下水桶，他的肩背僵硬，四肢也麻得挺直：“我明日再来。”

他轻轻一低头，“多谢师姐。”

“不必，谢你自己便是。”

叶醒没听懂：“什么？”

洛煜欢笑了笑：“我原以为你小子只在骂人上有能耐，但现在看来，你这毅力和耐心也还实在。这人啊，只要活在世上，只要和人打交道，就不可能不遇见一点儿偏见，不可能没有一点儿误会。若有朝一日，旁人对你改观，你要谢你自己。”

叶醒没想到洛煜欢会和他说这个。

“怎么了？”

直到洛煜欢问完他这一声，他才发现自己竟盯着她出了神。

叶醒摇摇头：“只是觉得这话不像是师姐会说的。”

“的确不是，这是我爹同我说的，只不过忽然想起来了，顺口复述一遍。”洛煜欢应得干脆，“我这人好面子，就算是我错了，哪怕是在人后，我也不会和人道歉。更何况头回见面你小子嘴也够欠的，我总觉得我们算扯平了。武人是用拳头说话的，不是用嘴。若你仍觉得亏，等你学成之后，可以在练武台上找我讨回来。”

洛煜欢总是风风火火，说话做事都透着一股子干脆劲儿。叶醒起初不适应，相处久了，却也觉得这样的性格豪爽吸人，和她讲话像吃辣椒一样痛快。

叶醒点点头：“好。”

洛煜欢轻嗤："小气。行了，你走吧，我锁门。"

叶醒欲言又止，最终只是挥手："师姐明天见。"

洛煜欢轻一顿首，回头锁起了门。等她再抽出钥匙，身后早没人了。

其实这几个月里，对于叶醒，洪师父也多次提过。

洪师父不解，扎马步这一项也就是对于毫无根基的学徒来说必须要练的项目。叶醒虽说基础不佳，但也能看出有武术的底子。他说得直白，叶醒是该练这个，但着实没必要练得这么久。

当时洛煜欢只是垂头喝茶。

她抿一口："扎马步也是练功，他刚刚入门，练一练总没有坏处。"

洛家武馆有规矩，新来的小弟子先是受武智堂教导入门，一年之后，才能由各堂挑选。资质差的会在这一年中被淘汰，留下来的也未必都能被收入各个堂下。

在叶醒之前，还没有越过武智堂直接入门这么破规矩的收徒法。武馆不像书院，在这儿的没几个是真愿意服人的，一个个心比天高，即便对方有本事，他们也不愿多认。对待新人，更是简单粗暴，往往先按辈分欺负了完事儿。

这些小辈里乱七八糟的事情，洪师父是不知道的，但洛煜欢清楚。她清楚，只是没有立场去管，又或者说，这东西管也管不了多久。

叶醒是有资质，但他打架没招式，又没有大能耐傍身，现在有人找他切磋，就靠那些野路子功夫，他未必能打得过他们。

提着水桶扎马步有多累，习过武的都晓得，明面上是练习，但入门久的弟子都默认这是一个整治手段。如今洛煜欢明明白白让叶醒在门外待了三个多月。三个多月里，她看着门内的弟子对他的态度一日一变，直到如今，她终于可以放下心来。

她心底有张谱，说的时间到了，也正是这个。

可洛煜欢什么也没讲。

她只是在洪师父面前放下那个瓷杯子："茶不错，多谢。"

2.

同为武德堂门下的弟子，唐书念过得比大多数人都舒服。

她其实不必日日前来，但她总觉得自己既然在这儿，就该遵守这儿的规矩。因此，自她来到武馆，不论天气如何，她总是按时到的。虽然由于身体的缘故，她许多时候只是坐在那儿，不能练什么招式，但在场的都清楚她的身份来历，也没有一个人苛责过她。

唐书念长得精致好看，性子也软和，说话轻声细气，让人忍不住想要怜爱。时间久了，大伙儿都把她当成了个宝贝。天热了师兄弟们给她带凉茶，天冷下来，大家争着给人煮姜汤，练武的时候也让她坐在内室，就怕人磕着碰着。

按他们的话来说就是小师妹金玉一样的人儿，可不能伤着哪儿。

但就是近些时日，师兄弟们悲催地发现，这个被大家捧在手心的小师妹似乎有了比他们更亲近的人，那个人还是大家伙儿新接受的小兄弟。

“欸，我问你。”一个脑后留着长须的男人用肩膀撞了撞叶醒，“你和小师妹是不是先前就认识？”

叶醒瞥一眼他，简略道：“从前在街上遇见过，我以为小师妹东西被偷了，见义勇为来着，没料想是个乌龙。”

“这么回事呢？”长须男恍然道，“那你还挺仗义！”

武馆里的大老爷们儿，看着粗鲁不好对付，脑子却实在是简单。只要他们把你划分在自己人的界限里，就会自然待你好了，也不整什么歪的斜的，但凡在场都是兄弟。

“我说，你和小师妹是不是真有什么……感情？”

感情？

唐书念什么都好，长相性格没一处可挑剔，这样的女孩子，不管男人女人都会喜欢。但叶醒偏就只把她当小师妹，除了同门之情，再生不出其他的来。

叶醒下意识地瞥了洛煜欢一眼。

洛煜欢很喜欢喝茶，每回休息都窝在堂前的高椅上小口小口地品。若得了好茶，她的眼睛还会满足得眯起来，较之平时威风凛凛

的模样像是两个人。她喝茶的样子其实挺可爱的，只是好像除了他没有人发现过。

“别瞎说。”叶醒一把拍向长须男的背。

“啧，什么瞎说？你看你，你对我们和对小师妹就两个态度。”

叶醒“呵”了一声：“这个武馆里，谁对小师妹和对别人不是两个态度？”

唐书念和这里的所有人都不一样，她就是一个瓷娃娃，是需要好好保护的。平时大家说话粗声粗气，可一旦面对她，就会自觉变成轻声细语。

“说的也是。”长须男嘟囔一声，“不过像小师妹这般的女孩，你真对她有了心思也不奇怪。”他一拍叶醒大腿，“我和你说，若真是这样，你可别瞒着兄弟们！大伙儿没什么不能接受的，就欺瞒这一点不行。如果你骗我们，那就说明你没把咱当自己人，往后啊，这兄弟可就没得当了。”

“那是自然，都是兄弟，若我真喜欢小师妹，哪能不告诉你们？”

叶醒说得干脆爽快，浑然不知他们的对话早落在了边上人的耳朵里。

而传言这种东西，只要过了人，那就变味儿了。

叶醒说的是“若自己喜欢小师妹，定告诉他们”，可几个人传

来传去，在他不知道的时候，这句话就成了“我喜欢小师妹，都是兄弟，我也没什么好瞒的，直接告诉你们吧”。

几天之后，这句被加工过的话在武馆里传开了。武馆里的弟兄们个个唉声叹气，仿佛集体失恋了似的。洛煜欢起先不晓得，在闹明白是怎么回事之后总忍不住想笑。

小师妹同叶醒好了，这群大老粗可不就是集体失恋了吗？

也不怪他们，闹清楚之后，便是洛煜欢都有些怅然若失。

或许是同小师妹好太久了吧，她那么宠着的姑娘，怎么就和别人好了，还没告诉她呢？怎么这样的消息，她还是通过别人知道的？

怎么这么快小师妹就和叶醒在一起了呢？

这日，武德堂里依旧是一片丧气。

唐书念依然坐在内室，一双眼睛却总望着叶醒。而叶醒偶尔也会回看她一眼，这番景象看在旁人眼里，真是说不清有多含情脉脉。

恰是在这时，软鞭子甩在椅背上，“啪”的一声拉回了众人的思绪。

洛煜欢用鞭柄挨个儿指着：“怎么，一个个眼睛都长侧脸上了，还是你们也想坐到内室去？都看什么呢？”

“大师姐，现在不是休息时间吗……”

洛煜欢冷笑一声：“原本是，但我瞧着你们休息得差不多了。给我起来！”

大伙儿在心里怨声载道，不敢说话。

手心里的小师妹没了，大师姐还这么凶残……

这日子真是没法儿过了！

3.

当叶醒在武德堂安定下来之后，唐书念最亲近的人就换了一个。

洛煜欢也悠悠然叹着气问过她的小师妹，说是不是有了新师弟就不记得她的大师姐了。唐书念脸皮薄，被这句话弄得面上通红，推着洛煜欢小小声说不是。

她好像有许多要说的话，但洛煜欢只是摸摸唐书念的头：“不为难你了，师姐和你开玩笑的。你这样年纪的女孩子，有个喜欢的人也很正常……”

唐书念羞得跺脚：“师姐！”

“这有什么？”洛煜欢摸她头的手顺着她的侧脸滑下来，挠挠她的下巴，逗猫似的，“行行，你不想说就不说了。但往后如果叶醒欺负了你，务必记得来告诉师姐，师姐替你揍他。”

唐书念起先还小声嘟囔，但在听见这句话之后，又乖顺地点点头。

“好。”

洛煜欢被她弄得直笑：“你这声音也就我凑你这么近能听得见，我下回可要好好注意蚊子的嗡鸣，比比你们谁的响动大？”

“就算我声音小，师姐也不会嫌弃我的。”唐书念挽住她的手，“再说，只要我一直和师姐靠这么近，师姐就不会听不见了。”

洛煜欢的个子在姑娘里算高的，唐书念却小巧，洛煜欢一手就能搂住她的肩膀。每回她们站在一起，小师妹都有一种小鸟依人的意思。

“是啊，师姐怎么会嫌弃你呢？小师妹这么招人疼，哪有人会嫌弃你这样的姑娘。”她揉揉小师妹的肩膀，“行了，外头热，回去歇着吧。我到粮店结个账就回。”

唐书念“嗯”了一声，眼睛亮亮地望着她。

洛煜欢被她这小眼神逗得没忍住笑出声：“好了，回来给你带凉粉。”

“师姐最疼我了！”

洛煜欢摇摇头，转身背对着她摆手。

温顺可爱又有礼貌，这样的小姑娘，谁能不去疼她？

洛煜欢拆开手腕上的绑带往裤袋里一揣，走了几步，她想了想又拿出来，按照小师妹叠手帕的样子折好才放进去。这么做完以后，她又觉得自己有些可笑。

学了又怎么样？学了她也不是唐书念。

洛煜欢扯了扯嘴角，手伸进口袋里胡乱地撸了一把绑带，把它弄乱，这才又大步向前走去。

当洛煜欢结完账再回家，她没有走最近的那条路，反而是绕了一条道。

她先是给唐书念买了一碗凉粉，嘱咐了店家多撒点儿糖桂花，然后又在边上的烧鸡店给自己包了一个鸡腿，边走边吃。

这条路的两边栽了许多合欢花树，现下正值花期，每棵树上都开满了合欢花。那花儿毛茸茸粉嫩嫩的，洛煜欢觉得好看，她一边吃一边抬头看，也没注意路，正走着脚下就踢到了个柔软的小东西。

“汪！”

洛煜欢一愣，低头就看见一只幼犬奶声奶气地冲她叫。

“我刚才是踢着你了？”

小奶狗的鼻子湿漉漉的，它用前爪挠挠脸，声音又哑又奶，也不怕人，就这么半蹲在洛煜欢身前，吐着舌头看她。

“我踢着了你，你却没有咬我，你是一条不计较的好狗。”洛煜欢蹲在它的身前认真道，可幼犬没看她，只眼巴巴盯着她手里的鸡腿，“你想吃这个？可我已经吃得差不多了，没剩多少肉了，你不嫌弃就吃吧。”

她把骨头放在小狗身前，小狗兴奋得直摇尾巴，啃骨头啃得别提有多开心。

洛煜欢看着看着就笑起来：“欸，你是哪家的？看你饿了这么

久的样子，身上又这么脏，你是不是没人要？”她心念一动，“不然你和我回去吧。我们那儿每天剩饭挺多的，还有一条看门的狗。它不凶，每天也挺无聊，刚好你可以去同它作伴儿。”

小奶狗啃完骨头冲她摇尾巴，竟像是听懂了似的，凑近舔了舔洛煜欢的小腿。它的舌头湿湿软软，洛煜欢没怎么接触过这么小的奶狗，她把它小心捧起来，却怎么也抱不好。

好小好软啊，她与怀里的小东西对视一眼。

小奶狗乖得很，被她抱得不舒服也不动，只小声哼唧。但洛煜欢到底没有抱狗的经验，她越弄它越不舒服，末了终于委屈地“汪”了一声。

就在洛煜欢忙着调整姿势的时候，她听见背后一个熟悉的声音。

“小狗不能这样抱。”

叶醒推着堆满了菜的板车走过来。

他今儿原是帮休假的大师傅过来买菜，不料半路上看见洛煜欢蹲在这儿和小狗说话。他觉得稀奇，没想过洛煜欢也会有这一面，索性就停在她身后多看了会儿。

说完之后，叶醒接过小奶狗轻放在怀里，又撸了它的后颈两把。几下之后，小奶狗舒服得眯了眼。他玩了会儿小奶狗，正开心着，一转头却发现洛煜欢握紧了拳头。

洛煜欢盯着眼前笑意满满的人，一想到他看见了自己手足无措

抱幼犬的模样，她就觉得丢人，一眨眼的工夫脸就黑了。

偏偏叶醒还不知道自己是哪儿惹着了她。

他沉默了会儿，将小奶狗放在了板车上空出来的筐子里。

洛煜欢皱眉：“你把它放那儿做什么？”

“师姐不是说要带回去养吗？”

收回目光望向叶醒，洛煜欢又变回那个冷漠严厉的大师姐：“你在这儿多久了？没事在外边乱晃什么，你不用练功？”

有风吹落了枝上的合欢花，它们一朵一朵地慢慢落下来，其中有一朵开得好的，正巧掉在叶醒脚边。他心念一动，弯腰把花捡了起来，然后放进口袋。

洛煜欢见他不答，还搞小动作，不耐地环住手臂：“怎么不说话，装什么哑……”

“师姐。”

武馆里的人大多怕洛煜欢，但叶醒或许是初次见面就同她吵过，所以不但对她没什么惧意，还在看见她喝茶逗狗的样子之后，淡化了印象里她嚣张跋扈的印象，反而觉得她亲近可爱起来。

虽说已经代父亲担起了一家武馆，但洛煜欢也不过就是个年轻的姑娘罢了。

他指了指她的身后：“你头发上掉了朵花儿。”

“什么？”洛煜欢回头，用手往后拍了拍。

“不在这儿……”

叶醒摇摇头,伸手就要去碰她的肩膀。正巧这个时候她转回头来,她心下一紧,下意识就抓住他的手往后掰,腿同时往下一扫,将人反剪在地上。

“嘶……师姐放放放手,疼!”

“疼就对了,不疼我看你不长教训!”洛煜欢咬了咬牙,正欲松手,“我是不是同你们说过不要随便……”

她话还没说完,叶醒却一个挺身起来朝她手臂抓去,他的动作很快,分明是她教出来的招式,却是让她都反应不及。洛煜欢旋身反手挡住他的攻势,紧接着右腿横扫,不想他早有准备,侧身躲过,眼看着就要绕到她的身后——

也就是在这时,叶醒停住了。

洛煜欢只觉得自己发上一动,像是有谁在那儿碰了一下。她顺着动作捉住了他的手,再回身,就看见叶醒龇牙笑着。

“师姐还要抓到什么时候?”

她的手有些小,包不住他的拳头,此时松了力气,握在他的手上还显出些暧昧来。

“我看你是真不长记性。”洛煜欢甩开手,声音凶狠,耳尖却泛起点点粉色。

叶醒耸耸肩,满脸无辜,他将手摊开,掌心里躺着一朵小花。

“是，师姐说过在你没有准备的情况下不能随意近你的身，我没记住，这是我不好。”他故意笑了笑，“可我不是看师姐头发上落了朵花儿，想给你摘了吗？”

他手上的那朵花先前被捏得太紧，已经有些坏了，此时被风一吹，剩下的绒瓣几根几根地飘着，看起来有些可怜。

洛煜欢的脸色有些奇怪：“你是不是看话本子了？”

叶醒微顿：“什么话本子？”

“当我没说。”洛煜欢长出口气，“你分明可以直接同我讲，让我自己摘。”

叶醒理直气壮道：“我说了，可师姐不是没拂下去吗？”

洛煜欢被他气得想笑，她知道他嘴皮子厉害，也不和他多说，转身就走。

身后，叶醒推着板车追上来。

“师姐生气了？”

“洛家武馆的大师姐气量这么小？这就不说话了？”

“大师姐，你看看我呗，我也是好意不是……”

叶醒厚着脸皮念了一路，惹得来来往往许多行人注目。

眼见就要走到武馆后门，洛煜欢越发心烦：“你能不能安静一会儿？”

“哟，大师姐肯理我了？”叶醒嘴角一勾，“那……”

“这个拿着。”洛煜欢把桂花凉粉塞到他手上，“将板车送到后厨以后，就把这个给小师妹送去，小心端着别洒了，不然我饶不了你。”

叶醒重重叹口气：“师姐是拿我当跑腿的呢？”

“多少人想给小师妹跑腿儿，我这是照顾你。”

洛煜欢从空菜筐里抱出那条小奶狗：“我进去了，你抓紧点儿，路上耽搁了这么久，小师妹该等急了。”

叶醒端着那碗凉粉哼哼两声算是回应，他推着车就要跟在洛煜欢身后往里走，不料她在门前停住了。

“对了。”洛煜欢没回头，她逗弄着奶狗，随口似的问他，“你之前在地上捡的那朵花呢？”

叶醒微不可察地愣了一下，随即朗笑道：“在我口袋里，师姐要看吗？”

洛煜欢停了会儿：“不用了。”

她转了个头，声音又高扬起来：“动作倒是快点儿，慢吞吞的磨蹭什么呢？”

说完，她几步就跨进去，再没管叶醒。

后门这边有个槛儿，叶醒没经验，不知道怎么把车弄进来。等他好不容易推着板车进门，洛煜欢早就不见了。

叶醒舒了口气。

借着擦汗的动作，他拍了拍裤子口袋。

那里很空，什么也没有。

4.

这个晚上，洛煜欢一个人跑去了武馆后山练拳。

从小到大，每回心情不好，她就一个人跑来这里练拳。

记得最初她不喜欢练武，觉得练武很累很疼，还为此哭过。偏偏她爹最讨厌孩子哭，她记忆中的每回哭闹，得到的都不是安慰，反而是更累更疼的锻炼。后来她就不闹了，只是有好长一段时间都在怀疑自己是不是父母亲生的。

这个想法被她爹知道后，气得又打了她一顿。那一次打得狠，若不是她娘拦下了，说不准她会变成什么样子。

一套拳打完，洛煜欢喘着粗气就靠着树坐下了。她拿起一个茶缸小口地喝。品茶是她娘教她的，算一算，也是她身上唯一靠近女孩子的一点。

“靠近女孩子？”

念着这个形容，洛煜欢没忍住笑了出来。

她摇摇头，叹一口气。

“师姐叹什么气呢？”

叶醒从树后走出来。

洛煜欢毫不惊讶，她早发现了叶醒，只是觉得这后山也不是她一个人的，他在这儿也不妨碍她，懒得搭理罢了。倒是没想过他会出来同她搭话。

她眼也不抬："你怎么上这儿来了？"

叶醒自然地在她身边坐下："透透风。"

怎么，武馆里呼吸困难？

洛煜欢扯了扯嘴角。

"晚饭时间去哪儿了？"

"我不过就出去了那么一小会儿，师姐居然发现了？"叶醒惊讶道，"我……"

洛煜欢淡定地放下茶缸："不是我发现的，小师妹见你不在，问人来着。"

叶醒被噎了一噎，先前的兴致也淡了几分。

"也没什么，就是下午看见师姐捡回来一条狗，想到我从前栖身的街道上也有几条流浪狗，我们每晚睡在一起，说出来还真是有点儿情谊。想见了，就回去喂了喂。"

洛煜欢望他一眼："栖身的街道？什么叫栖身的街道？听着跟流浪汉似的，我怎么记得你说你从前是个饭堂的伙计？"

"可不就是流浪汉吗？"叶醒自嘲地笑了笑，"说出来也没什么，

进武馆的时候是我扯谎了。事实上，打我有记忆起我就是一个人，听说我是被爹妈扔出来的，但我爹妈是谁、他们为何扔我，我一概不晓得。”

“那你可真惨。”洛煜欢这么说着，语调却没有波澜。

没有安慰，没有嘲弄，只是干干巴巴的一句话。

夜风习习，他们静默地坐着。

许久以后，洛煜欢才开口：“我原以为我算惨的，但现在想想，我也不曾被赶出家门，和狗睡在一起。多谢你，我觉得好受了些。”

若不是晓得她说话就这风格，叶醒还真能被她气着。

他半开玩笑道：“你是成心的吗？”

“虽说我也觉得这话说出来有偏颇，对你不住，但我确实是这么想的。我以前一直觉得我爹我娘不喜欢我，他们只陪我到十六岁就离开了西安，去了我娘的家乡。我爹是洛家武馆的馆主，这武馆太大，他放不下，我娘当时情况不好，他也放不下。可他偏偏就能放下我。”

她仰头看天：“他将我当成了什么，除了练武，什么都不让我做。我睁开眼睛、闭上眼睛，都在挨打。分明我那时年纪也还不大，他怎么就那么放心，在给我找来了洪师父做帮手之后，就让我接手了武馆呢？他也不想想我会不会接不了，会不会被欺负，会不会糟蹋

了他的心血。他就那么陪着我娘去了南方，一年也就回来看我一次。”

洛煜欢的语气太过平淡，淡得让人察觉不到一丝苦味。

可叶醒就是听出了几分心疼，他正想宽慰她几句，便听她继续说：“可听了你的遭遇之后，我觉得好多了。”

叶醒郁闷得心口疼。

“我也同我爹闹过，当时我被打得狠了，砸了一地东西，我爹气得抡起棍子打我。他说我真是辜负他，说我三天不打上房揭瓦。我那天夜里躲在被子里哭，想起这句话，又气又委屈，一急，当真便上了房顶把瓦片掀了。”

洛煜欢说到这儿，忽然笑了笑，像是不好意思，嘴里说的却是：“那是我被打得最惨的一次。”

大概是月色太过朦胧，衬得人都温柔起来。

叶醒望着她，声音都放轻了。

“大师姐不愧是大师姐，就是有胆识。”他说，“等以后你再想上房揭瓦，一定记得找我，我帮你扶梯子。”

她朗笑一声，拍上他的背，拍出了个胸腔共鸣：“够义气！你这么够义气……”

想必也不会薄待小师妹。

后半句话，她吞进了嘴里，叶醒没听她说完，多问了句：“什么？”

洛煜欢叹口气，再抬起眼睛，又是那个豪气飒爽的大师姐。

“我说你小子怎么就那么想进武馆呢？我翻了资料，你在去年就来试过，只是没被录取。一年而已，你变化还挺大。”洛煜欢调侃着问他，“怎么，是为了理想抱负？”

叶醒也不点破她转移话题，只顺着她笑：“什么理想不理想的，我们这种小人物，能活着不就够了？”

“那你为什么执意加入武馆？练武可不轻松。”

他沉默了会儿：“大概是因为生出来就是被放弃的那个，早些时候，我几乎认定了自己就是个废人。但人活着总归矛盾，虽然我心里觉得自己不行，却也还存着一份不甘，希望能做点儿事出来。不说是给自己一个交代，也不是为了什么，就只是想做些什么。”

洛煜欢点点头。

她其实不能理解这样的心情，叶醒这样的经历，大多数人是没办法和他感同身受的。但她听他这么说，还是能感觉到一些不同的东西。

她轻轻捶了下他的肩膀。

“行，路是你自己的，怎么走也只在你自己。即便前头有人拦你，但我看你这份心气，也信你能披荆斩棘。”洛煜欢语气坚定，朝他伸出手，“加油呗。”

这是叶醒得到的第一份信任，或许洛煜欢不会明白它对叶醒而

言意味着什么，但在得到她这句话的时候，叶醒便愿意向她递出自己的热忱和真心，毫无保留，想同她做个交换。

他的喉头动了动，但他没有多说什么。

他只是对着她的拳头击了击，声音轻轻：“好。”

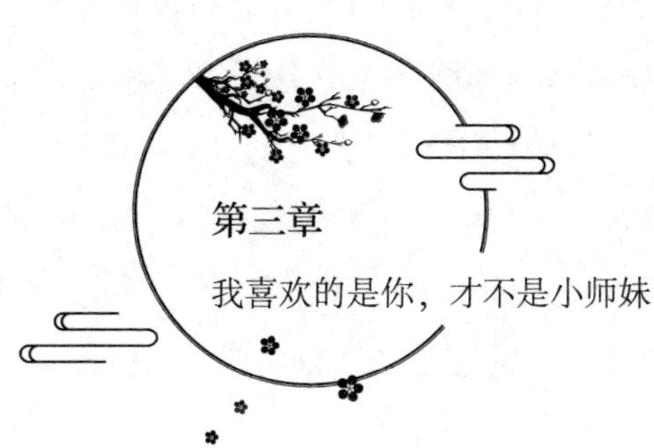

第三章

我喜欢的是你，才不是小师妹

1.

日头升升落落，枫林里的绿意也换成了一丛火红。

唐书念在武馆只待两年，她是两年前的十月来这儿的，前些日子她家来了电话，说是再等几日，家里就要接她回去。之前大伙儿都没注意过时间，眼见着如今橙黄橘绿，将近年末，才有人想起来这桩事情。

这会儿，武馆里的师兄弟们都舍不得，每天感叹地算着日子，偶尔聚会喝个酒，号的都是小师妹怎么就要回家了呢。

酒局上，洛煜欢也难过，她是真心喜欢这个小师妹，只可惜小师妹和他们本来就不是一路人。她想，人家书香门第出身，又刻苦

好学，即便待在武馆也不忘读书练字，习文才是人家的道儿。他们说有情分，那也只是些微的情分，哪能要求人家一直待在这个地方？

她叹口气，又喝一口酒。

洛煜欢正在感叹的时候，身边挤过来个不开眼的人。

“一，二，三，四……”

叶醒数着她面前的酒瓶，衷心地佩服：“师姐海量啊，这都七瓶了，还喝呢？”

“菊花酒，不醉人。”洛煜欢拿起一瓶没开的，“喏，尝尝。”

“我不喝。”叶醒推回去。

他捻起碟子里的糕点：“知道的，明白咱们这是在聚重阳，不知道的，还以为咱们武馆是出什么大事了，一个个的喝成这样。”

洛煜欢举瓶子的手顿了一下。

她侧身，拿瓶子磕了一下叶醒：“小师妹三天后就要走了，你不难过啊？”

“小师妹不是给咱们留了联系方式吗？”叶醒也侧过去，他掰着手指给她算，“咱们现在可不是只能靠鸽子和马车来联系的古时候了吧？你看，打电话、寄信，再不济，小师妹就在咱们邻省，若真是想念了，过去看一眼也花不了多久时间。往后的日子还长，又不是再不相见了，至于这样？”

菊花酒不醉人，那也禁不住她这么灌自己。

洛煜欢把自己喝得反应迟缓，好不容易理解了叶醒的意思，她点点头："理是这么个理儿，但分开谁不难受？尤其……尤其走的还是小师妹……"

这武馆众人对小师妹的情分，一两句话说不清楚，叶醒也明白，可他大抵天生感情淡薄，明白是明白，自己却不大当回事。

洛煜欢嘿嘿笑，凑近他："你看，也就是小师妹，大家才这么不舍。若是我走了，他们说不准立马就放鞭炮呢。"

她说话时热气喷在叶醒的耳朵上，他被酒气熏了熏，却没有坐远，反而离她更近了些。

"怎么会？"

"怎么不会？他们可喜欢小师妹了，至于我嘛……"洛煜欢低了眉眼，"我还能不知道？"

叶醒深深地望着她："你喝醉了。"

她摆摆手，不当回事儿："对了，你方才那些话啊。"她打了个酒嗝，"你对小师妹可别这么说。"

叶醒本想就她先前的话多劝两句，可眼前的人什么都听不进去，只重复着要他不许伤小师妹的心云云。

无奈，他只能附和着点头："我又不傻，我同你说这些是为了让你舒心，我同她这么说能做什么？"

洛煜欢闻言，还是觉得不放心，她继续啰嗦：“你可千万记住了啊……你千万别让小师妹晓得你这个意思。小师妹那么舍不得你，若她听见你这么说，指不定要有多难过。”

叶醒先前还觉得自己明白，可洛煜欢这话里有话，分明是有别的意思。

八卦这东西有门道、有规矩，最大的特点就是，不论外面再怎么传，必然不能传到本人那里。武馆里的人都是一条心，他们即便背后议论叶醒和唐书念论得再欢，也不会真让当事人晓得。

因此，即便是到了现在，叶醒都还不知道自己在传言里早和小师妹在一起了。

叶醒正想和洛煜欢问个明白，就看见她摇摇晃晃地起身，往门口一指：“呀！小师妹！”

唐书念不喜欢酒味，这样的饭局向来是看不见她的。

叶醒顺着洛煜欢的指向往门口看，果然唐书念站在那儿。她穿着当下最时兴的裙子，耳边戴了个浅金色的小发饰，整个人看起来摩登矜贵，说不出的精致好看。

她原本只想悄悄把人叫出去，没料见洛煜欢这么一声唤住她。

唐书念握着小包的手指紧了紧：“大师姐。”

“你怎么就提着东西了？”洛煜欢站得不稳。

“家里提前来了，说是姥姥想我想得害了病，现在倒在床上，要我快些回去。”

屋子里大伙儿都喝得醉醺醺的，清醒的没几个，可他们一听，都开始号。但好在他们都还有些分辨力，再舍不得也清楚轻重缓急，当下就说没关系，说要她路上多注意。

其中那个留着长须的男人抹了把脸：“小师妹，回去了若是有人欺负你，你尽管打电话回来，咱们整个武馆都是你的后盾！谁敢对你怎么样，咱们定然把他家都给踏平咯！”

洛煜欢踉跄着走过去，一巴掌糊在那人的脑门上：“谁回去会被欺负？不会说话就别说！”

她脚下不稳，走几步晃几步，叶醒心惊胆战要去扶她，她却把人往门口一推。

“我们这个样子也不好送人，你去送送小师妹。”她都喝得这样醉了，也还不忘给叶醒递一个眼色。

唐书念俏脸一粉，绞着手望叶醒。

叶醒却先顾着洛煜欢：“那我去去就来，你别起身了，免得摔着。”

洛煜欢摆摆手，入座之后，又抄起一瓶酒来。

她听见门开了又关，手上的动作慢了慢，这瓶盖怎么也打不开了。

“喂，给我打开。”

她敲了一下身边的男人，可男人睡得不知多熟，怎么也弄不醒。

洛煜欢轻捶了捶自己的脑袋，她晃晃头，提着酒瓶走出去。

2.

今夜的月亮很圆，比中秋那日还圆，而且还多了几个。

洛煜欢提着酒瓶往外走，她自觉意识清醒，所以对那多出来的几个月亮感到奇怪。

“这是怎么回事儿？”她纳闷儿地抬着头，“这怎么就……怎么就……”

她一时间忘记了该怎么形容，埋头苦思半晌，她一拍脑门，指向天边：“它怎么就这么像个月亮呢？”

眼下时候晚了，街上也没几个人，洛煜欢迷迷瞪瞪，一时间错以为整条街都是她的。她跌跌撞撞地小跑几步,埋着头也不晓得看路，就这么撞到了一个人。

即便洛煜欢眼前模糊，只能看清个影子，也能分辨出这是位神仙一样的人。

眼前的人生得惹眼，自带风姿，光站在那儿，哪怕什么都不做都能让人移不开目光，像是上等的白玉精细琢磨出来的。

男人一路漂泊，刚刚到这儿，也不知怎么这么背，还没找到个住处，就先遇上了个醉鬼。他暗叹一声，但也没躲。

“姑娘小心。”他把人扶稳便想离开些。

洛煜欢却屁颠屁颠地凑过去："你叫什么名字？"

男人一顿，心说醉鬼都是没有理智的，他不理会，也没打算回答她。

洛煜欢却不依不饶："你叫什么？叫什么？你怎么不告诉我？"

她脚下一软，跌坐在地上。

男人不好放任她不管，一时走不开，便被洛煜欢钻了空子抱住一条腿。

"你怎么不说话？你是神仙吗？我知道了！"洛煜欢嘻嘻笑，她指着天边的月轮，"你是不是从多出来的月亮上下来的？"

男人前一秒还在想着怎么脱身，听见她这句话之后，却愣了愣神："多出来的月亮？"

"嗯，你知道吗？"洛煜欢神秘兮兮，"嘘，我不告诉别人，我就告诉你……我和你说，这个世界上，不止一轮月亮的。"

——这个世界上，不止一轮月亮的。

这句话像是触动了他，男人喉头一动，缄默下来。

"你还没告诉我，你叫什么名字呀？"

秋风瑟瑟，夜凉如水。

清辉如白纱一样笼住人间。

洛煜欢等男人说话等了很久，等得几乎都要睡着了。

直到好久以后，她才听见身边的男人开口。

他说：“我叫狗儿，沈狗儿。”

洛煜欢撇撇嘴：“沈狗儿？哪有人叫这个名字的，你敷衍我……”

沈狗儿只是笑，他拦住她扒瓶盖的手：“你喝了多少？别喝了。一个小姑娘，这么晚喝成这样在路上不安全。”

“小姑娘？”洛煜欢愣住，她指着自己的鼻子，“我？”

沈狗儿点点头：“怎么了？”

洛煜欢忽然笑了，她低着头，笑得很难过：“我……我第一次听见有人这么说我，这是第一次有人把我当小姑娘。”

她的表情实在太过复杂，像哭又不像哭，像笑又不是笑。

沈狗儿长长叹了口气，他看着她，仿佛看见曾经某个夜里，在街上游魂一样跌走着的自己。

他拉着她坐到街边，动作和声音都很轻：“小姑娘是有心事了？”

兴许是因为身边坐着的是陌生人，洛煜欢显得很放心，好像很多没法儿开口的话都能对他说出来。

“沈大哥，”洛煜欢的尾音拖得很长，叫人也显得亲切，“你有喜欢的人吗？”

问完也不等人回答，她自顾自又说道：“你应当是很优秀的人吧？”她弯着眼睛，“我呀，虽然不认识你，但我会看人。你谈吐好，性格温柔，长得还好看，神仙一样，真可算是万里挑一。”她

对比着自己，越比越沮丧，“你若喜欢上谁，怕只需要说一声便是。如果是你的话，想是没人能拒绝的。”

沈狗儿不言语，他望着天空发呆。

洛煜欢自顾自地念了半天才发现身边人的沉默。

“沈大哥，你在看什么？”

他微勾着唇，笑意很淡，声音一出口就散在风里：“看天上那轮月亮。”

“什么叫天上的月亮？”洛煜欢有些不懂了，“月亮还有地上的？”

他又不答了，却望向她的酒：“还有多的酒吗，借我一瓶。”

洛煜欢拍着胸脯：“说什么借？沈大哥肯和我喝酒是看得起我，拿去！”

沈狗儿被她豪气的动作逗笑了。

他笑起来，无端就让人想到江南三月氤氲的清水湖畔，天青雨蒙，莲叶淡雅，给人一种清雅的感觉。

沈狗儿。这么好看的人，怎么会叫这个名字呢？

“沈大哥，”洛煜欢觉得奇怪，“沈狗儿真是你的真名吗？”

沈狗儿点头轻笑。

“我从小就叫这个，就叫沈狗儿。只是中途有个插曲，我遇见

过一个人，他借了我一个名字，我用了很久，差点儿就要忘记它其实不是我的。”

洛煜欢顺手抄来的不是菊花酒，是一瓶烧刀子。

这酒很烈，沈狗儿喝得直皱眉：“你一个小姑娘，怎么喝这样的酒？”

洛煜欢抹一把眼睛：“怎么，姑娘不该喝这样的酒？那该喝什么样的？是不是喝了这酒，就不像个姑娘了？”

沈狗儿摇摇头：“罢了，每个人有每个人的活法。”

“我不想有自己的活法，有人愿意风风火火，有人愿意招摇特殊，可我不愿意的。我就想当个普通的小姑娘，我也想提花灯、游街会，吃精致的糕点，穿好看的裙子……我知道我爹这么教我是为我好，他那样的粗爷们儿，说不准真觉得孩子就得这么教。可我也好想像其他小姑娘那般长大的，我也想有人能那样喜欢我。”她捂住脸，“可我太糟糕了。”

沈狗儿放下酒瓶，轻轻地拍着她的背。

月光朦朦胧胧地罩了层纱在他身上，他本就清俊的容颜在夜月下更显出尘。

洛煜欢哭得很小心，没有声音，身子也不动，只指缝里的眼泪不停砸落出来，在地上溅起一个个很小的水坑。

“你是真想变成这样，还是因别人想变成这样？”

“我……我就是想……我就想变成这样。在那之前我就想过，在那之后，我也就是想得更多了些。”她哽咽着，“可我不敢。”她吸着鼻子，声音微哑，“我很没用对不对？”

“不，不是你没用，改变不分大小，怎样都需要勇气。如果以后还有机会，你一个人不敢，我可以陪你。”

洛煜欢抬起脸来，她的目光迷茫，语气却是认真的：“沈大哥，你真好。”她拿袖子擦脸，“你不笑话我，还说要陪我。”

沈狗儿摸了摸她的头：“那你肯不肯听沈大哥一句话？”

“当然！沈大哥有什么尽管说，为兄弟两肋插刀不算什么！”

沈狗儿哭笑不得：“你这都是从哪儿学来的？”

洛煜欢豪气地挥手：“沈大哥你直说吧，是什么事儿。有人欺负你吗？我帮你摆平！”

眼见着小姑娘的情绪要往奇怪的地方发展，沈狗儿将人拉起来：“也没什么别的，就是想要你放下酒瓶，回去休息。”

他扶着人起身：“你住哪儿，我送你。”

3.

沈狗儿想送洛煜欢，可惜他没送得成。

刚刚站起身来，洛煜欢便晕乎下去。若不是不远处叶醒叫着她

的名字跑过来，她怕是真要这么睡着了。

洛煜欢挠挠脸，认清了来人。

“是你啊？你送完小师妹了？”

叶醒看起来又急又气：“早送完了，不是说了让你别乱跑吗？”

“谁乱跑了？”洛煜欢往他后脑勺上一拍，“我和我沈大哥喝酒呢！”

沈大哥？哪里来的沈大哥？

叶醒望一眼沈狗儿，满眼防备。

沈狗儿看出了叶醒的意思，他点头致意，也不多说什么，只是同洛煜欢道：“既然有人接你回家，我就先走了。有缘再会。”

洛煜欢困得眼皮打架，她闻言点点头，意识逐渐迷糊，隐约知道自己落入了一个怀抱。可挣扎着睁开眼睛，她发现接住自己的不是沈狗儿，她有些失望。

洛煜欢觉得自己有好多话都没说，她话还没说完，沈大哥怎么就不见了呢？

沈大哥不见了，她能找谁说去？

越想越委屈，此刻她趴在叶醒背上就开始乱动。

叶醒没好气地在她腿上拍了一下，一句“别动”还没来得及说，就听见她道：“沈大哥，你怎么这么晚还一个人在这儿？你是不是没地方待？”

这句话之后，叶醒停步，被夜色浸染的眉眼倏地深沉了几分。

“不如你跟我回去吧？”洛煜欢兀自说着，“我们洛家武馆不缺东西，养得活你。”

叶醒一嗤。

这话怎么听怎么耳熟。

可她这么对小奶狗说话的时候，他觉得可爱，她这么对这个男人说的时候，他只觉得心底生出一股火气，烧得他连笑脸都维持不住。

叶醒把人放下，洛煜欢的腿脚是软的，这一下没站稳，差点儿摔在地上。

“你干什么？”

她有些生气，叶醒却不理她，只回头对沈狗儿道歉：“不好意思，她喝多了，脑子不清楚。”他伸出手去，“先生别和她计较。”

沈狗儿不动声色地打量了两人一眼，心中有几分了然：“不会。”

叶醒点点头：“那我带她回家了。”

“等等。”

眼见沈狗儿拦住他，他满脸戒备地往后退了一步：“先生这是做什么？”

沈狗儿笑意清浅：“没什么，只是和这小姑娘确定一件事情。”说完，他转向洛煜欢，“那些你想做的事，不需要我陪你了，是吗？”

洛煜欢茫茫然，看他一眼，又看了叶醒一眼，再看他一眼。

她没说话，只是弯了嘴角。

沈狗儿见状也跟着她笑："我知道了，回去注意安全。"

他们这副模样实在太过默契，一切尽在不言中似的。

叶醒听得憋气，偏生又不好问他们发生了什么，总觉得问了自己就输了。

他背着洛煜欢回武馆，关门的时候甩得很响，把小奶狗都惊得叫了几声。

洛煜欢也被这声音吓了一跳："做什么？"她不满地拍了一下叶醒的脖子，"好吵。"

叶醒站停下来。

"你和他约好的是什么事情？你有什么想做的？"

"什么约好？什么想做的？"虽然短暂，但洛煜欢好歹算是睡了一觉，她稍微清醒了些，却还是不明白他在说什么，"你什么意思？"

"你先前和那个人说的，不记得了？"

洛煜欢想不起来："哪个人？我说了什么？"

叶醒也不晓得是怎么回事，听她这昏昏然的语气，分明没得到答案，心情居然稍微好了一些："忘了就忘了吧。"

他背着她在武馆里慢慢地走着："不过，你到底想做什么呢？"声音渐渐放轻，"为什么要他陪你？我不行吗？"

叶醒原以为背后的人早睡过去，自己在自言自语而已，不料她忽然开口："你不行。"

叶醒也没想过洛煜欢真会回答他。

他一愣："我为什么不行？"

环住他脖子的手紧了紧，耳边传来一个声音。她说："你要陪小师妹的。"

"我为什么要陪小师妹？"叶醒一头雾水，"我想陪你。"

洛煜欢沉默了会儿，摇摇头。

叶醒吐了一口气。

"我知道你现在不清醒，这些话，我就算现在说了，于你也不作数，多半日后还要再讲一遍，可我还是想同你说。"叶醒背着她往后院走，"我不想陪小师妹，我也不喜欢小师妹。你说你和小师妹不一样，你走了他们不会伤心，可他们是他们，我不是他们。"

月光映在叶醒的侧脸，勾勒出一道细柔的银边。

"小师妹一定同你说了什么吧？她今晚也同我说了，可我拒绝她了。我告诉她，我心底有了个人。那个人啊，脾气不好，讲不过人就动手，性格粗鲁、不修边幅，可她实在可爱，可爱到我甚至不知如何才能不喜欢她。她知道我说的是谁，你也知道我说的是谁。

"师姐，感情是两个人的事儿，你为什么只听小师妹说的，为什么不问问我呢？"他的目光坚定而认真，"我不喜欢小师妹，我

喜欢你。你有什么想做的事情，不要和别人去做，你等等我好不好？我知道自己不足，我是还没有能耐，但我这不是在努力朝你靠近了吗？我不晓得你是有多疼小师妹，她不过就和你表了个心思，你就怎么都要撮合我们在一起。但我分明也给你表了心思，你怎么却当没看见呢？”他像是自嘲，“说来你可能不信，就像我也不知道为什么，但我不觉得小师妹有多好，我就是喜……”

“呼——”

叶醒正说到情深的地方，猝不及防就听见身后的人打起了一串呼噜。这一瞬间，他体会到了什么叫“如鲠在喉”，什么叫“耿耿于怀”，什么叫“想掐死她”。

从前门走到后院，叶醒一路沉默。

“别以为你睡着了就能躲过我。”进门之后，叶醒将人放在床上，给她盖好了被子，语气恶狠狠的，“等你醒来记得要找我，都一年了，我不信你真看不出我如何待你。你对小师妹多好我不管，但感情是能让的？师姐，你教人教惯了不假，可这件事儿，该换我教你了。”

他说完了觉得不解气，又在洛煜欢的脸上掐了一下。

叶醒的力气很轻，掐完之后却觉得满足。

他垂着眼睛，脸上带着几分温柔，离开之前又给她掖了掖被角。

“好梦。”

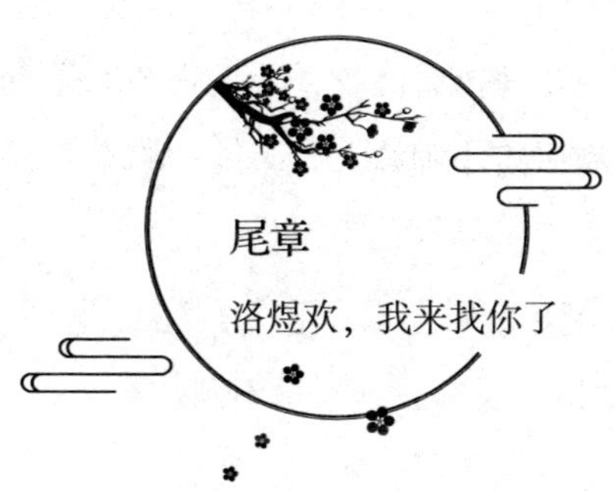

尾章

洛煜欢，我来找你了

二十天过去，直到现在，叶醒也不晓得自己那一夜说的话洛煜欢到底听没听见。

可是，那夜之后，洛煜欢躲了他很久。

说是躲，也不尽然，北平有个武术界的联会，洛煜欢代表洛家武馆去了，整个武馆的人都晓得。他也晓得，只不过是最后一个。

叶醒是在洛煜欢离开之后才知道的消息。

在此之前，洛煜欢称病，叫了洪师父代她来武德堂操练。

叶醒一边觉得洛煜欢晓得了自己的心意，一边又实在没准儿。他反复琢磨也就是自己一个人在琢磨，没去多打扰洛煜欢，只想着，若她听见了，就让她多考虑考虑；若她没听见，正好他也给自己一

些时间，多想想该怎么讲。

也怪他心思不细，她消失了十余天，他才发觉不对劲。

但那个时候，她人已经在北平了。

武德堂里，叶醒越想越烦躁，索性不想。

师兄弟们都是粗心思的人，察觉不到什么，还是洪师父先发现他的不对。

“这是怎么了？”

休息时间，洪师父笑眯眯地凑近他。

叶醒强撑着勾出个笑：“没什么。”

“哟，没什么？”洪师父挑眉，见人还是闷着，“你小子，这时间算算也不多了，若再不同我说实话……你可别后悔。”

“什么叫时间不多了？”

洪师父意有所指：“这武馆分明是煜欢她爹创办的，你知道为什么是煜欢这孩子在打理吗？”

听见洛煜欢的名字，叶醒稍微有了点儿反应：“为什么？”

洪师父摸着胡子笑：“煜欢她爹同她娘感情好，好到不像个当了爹娘的样子。她娘是南方人，身子虚，在西安待不惯，她爹这个武馆你也看到了，太大，他放不下。原先这里是她爹操持的，可有一年的冬天格外冷些，她娘身子受不住，一下病倒了，成日说胡话，

就想回家乡待着。”

这是洛煜欢同叶醒说过的曾经，可这一段又是叶醒不曾听到过的。

“当时煜欢才十五六岁，刚刚有了个管事的小模样，她爹急啊，赶忙便喊来了我交代武馆的事儿。他们就是那时候搬离西安的。”洪师父说到这儿，重叹一声，“或许她爹早就有了这个打算，所以才会那样严厉待她。我看着这孩子长大的，也看着她被练成现在这样。说来，到底是个姑娘，煜欢小时候也娇气，可她爹看不惯娇气的孩子，满心只想让她继承这个武馆……唉，煜欢真是吃了不少苦头。”

叶醒听得皱了眉。

“你晓得我为什么和你说这个？”

叶醒诚实地摇头。

洪师父笑着打他：“煜欢这孩子看着洒脱，其实心底不然，她只是习惯了把事情闷在心里。她在意她爹娘，在意之余，或许也羡慕过。我前头也说了，她也是个女孩子。她怨过她爹，但兴许她也想过，要找一个像她爹待她娘这么好的人。”

叶醒不解：“所以呢？”

洪师父笑了笑：“罢了，你是个傻孩子，我也不指望你问我。”

他掏出一封书信：“这是煜欢叫我给你的，信我没拆过，可封

皮上写了回来的日期和车次，还有一句话，喏，‘就当是个机会吧，你来，我就等你’。我不知她说的是什么机会，也不晓得是要等你做什么，但我想她是想要你去接她。”

叶醒翻过来一看，日期就是今天。

“煜欢同我说，若你来问我她的事儿，就让我把信给你。我整日都在等，可你一日闷过一日，偏不来问。”洪师父气得捶他，“你小子轴啊！”

武馆距离火车站不远，可她写的是车次不是时间，怕是来不及了。

叶醒一时慌乱，什么也来不及想。

他揣着信，意识到什么，喊了声“谢洪师父”就往外跑，动作雷厉风行，快得连影子都模糊了。

洪师父见状也不恼，反而开怀大笑。

到底是年轻人啊。

当叶醒出现在火车站，洛煜欢已经不晓得坐在那儿多久了。

他的手里捏着一封信，是她留给他的，那信很短，概括起来也就一句话，那天晚上他说的话，她都听见了。

她说得对，菊花酒是不醉人的。

车站前日光散漫，洛煜欢提着行李坐在长椅上，她抬头看着不

远处的钟表。她难得穿了一条小裙子，那裙子颜色淡雅，外边罩了一件薄毛衣，这样素净的打扮削弱了她几分英气。若是武馆弟兄们在这儿，定要说这不像她。

叶醒喘着气站在洛煜欢的身后。

或许不像平时的她，可这样的她也是她。

哪一面的洛煜欢都是洛煜欢。

周围来来往往有许多人，他们提着行李箱，或者行色匆匆，或者微笑从容。

可叶醒谁也看不到，谁也不想看，他就这么安安静静地站在她的身后，轻轻地笑着看她。

过了会儿，似有所感，洛煜欢回头。

仿佛没有惊讶，又仿佛是太过惊讶。

在看见他的那一刻，她粲然一笑，分明没发出声音，却胜过千言万语。

许久之后，她站起来，浅金色的阳光洒满了她一身。

“你来了？”

“我来了。”

喧杂的车站里，他们只这样静静站着，也不多说话，也不做动作。有人觉得这两人奇怪，路过时多看了两眼，但也只是两眼。

没有人能闯入他们的世界。

而时间也就定格在这一刻。

【正文完】

GU PAN

CHENG HUAN XI

图书在版编目（CIP）数据
顾盼成欢喜 / 晚乔著 . -- 上海 : 上海文化出版社 ,2019.10
ISBN 978-7-5535-1701-8
Ⅰ . ①顾… Ⅱ . ①晚… Ⅲ . ①长篇小说 - 中国 - 当代 Ⅳ . ① I247.5
中国版本图书馆 CIP 数据核字 (2019) 第 164436 号

责任编辑　蔡美凤
特约编辑　杨吉晨
装帧设计　刘　艳　cain 酱
特约绘制　南宫阁
印务监制　周仲智
责任校对　周　萍

顾盼成欢喜
晚乔 著

出　版　上海文化出版社
出　品　上海故事会文化传媒有限公司
　　　　（200020 上海市绍兴路 74 号　www.storychina.cn）
发　行　上海文艺出版社发行中心
　　　　（上海市绍兴路 50 号）
印　刷　长沙鸿发印务实业有限公司
开　本　880×1230　1/32　　印　张　9.125
版　次　2020 年 2 月第 1 版　　印　次　2020 年 2 月第 1 次印刷
书　号　ISBN 978-7-5535-1701-8/I.668
定　价　36.80 元

上海故事会文化传媒有限公司　出品（00894）www.storychina.cn